世界少年经典文学丛书

# 雄狮·女巫和衣橱

[英]刘易斯　著

王玉彬　编译

 中国出版集团　现代出版社

**图书在版编目（CIP）数据**

雄狮·女巫和衣橱／（英）刘易斯著；王玉彬编译. —北京：现代出版社，2013.2

ISBN 978 – 7 – 5143 – 1274 – 4

Ⅰ.①雄… Ⅱ.①刘… ②王… Ⅲ.①童话 – 英国 – 现代 – 缩写 Ⅳ.①I561.88

中国版本图书馆 CIP 数据核字（2013）第 021765 号

| | |
|---|---|
| 作　　者 | 刘易斯 |
| 责任编辑 | 李　鹏 |
| 出版发行 | 现代出版社 |
| 通讯地址 | 北京市安定门外安华里 504 号 |
| 邮政编码 | 100011 |
| 电　　话 | 010 – 64267325　64245264（传真） |
| 网　　址 | www.xdcbs.com |
| 电子邮箱 | xiandai@ cnpitc.com.cn |
| 印　　刷 | 三河市嵩川印刷有限公司 |
| 开　　本 | 700mm×1000mm　1/16 |
| 印　　张 | 9 |
| 版　　次 | 2013 年 2 月第 1 版　2021 年 8 月第 3 次印刷 |
| 书　　号 | ISBN 978 – 7 – 5143 – 1274 – 4 |
| 定　　价 | 29.80 元 |

# 序　言

孩子是未来的希望，是父母心中的天使，是充满快乐的精灵。小学阶段更是孩子最快乐的时光，是孩子成长发育的黄金阶段。为了让孩子学习更多的课外知识，享受更加丰富的学习乐趣，我们策划了本丛书！

从小让孩子多读课外书，对培养孩子健康的心态和正确的人生观无疑将起着非常重要的作用。自《语文课程标准》公布以来，不少富有敬业精神、有才干的教师，在他们的教学中，担当起阅读教育的重担。他们在严谨的选材中，利用丰富的文学资源，向学生推荐了大量优秀的课外读物，实施了以"练成阅读和作文的熟练技能"为重要内容的阅读教育。大千世界充满了丰富的知识。阅读能丰富小学生的语文知识，增强阅读能力，提高写作水平，开阔视野，增长智慧。阅读本丛书，能够使孩子享受到阅读的快乐，激发起更浓厚的阅读兴趣，孩子的生活将充满新的活力与幸福！本丛书精选了世界名著和中国经典书目中流传最广、影响最大、最脍炙人口的作品，是培养小学生理解能力、记忆能力、创造能力的最佳课外读物。

最后需要指出的是，本丛书把世界上流传甚广的经典童话、寓言等也尽收其中，并将这些文学作品重新编写审订，使作品在不影响原著的基础上更适合少年儿童阅读，在丰富他们课余生活的同时提高语言和文字表达能力。本丛书通过科学简明的体例、丰富精美的图片等有机结合，使小读者不仅能直观地领略作品的精髓，而且还能获得更为广阔的文化视野和愉快体验。希望本丛书能成为孩子生活的一缕阳光照亮孩子前进的道路，能成为一丝雨露滋润孩子纯净的心灵。

编　者

# 目　录

# 第一章　璐茜窥探衣橱

很久很久以前，有这么四个孩子，他们的名字分别叫彼得、苏珊、艾德蒙和璐茜。接下来讲的故事是他们亲身经历过的一些事情。

那是处在战争期间，人们为了躲避空袭，他们被送离伦敦之后，来到了一位老教授的家里。这位老教授的家位于英国的中央部位，离最近的火车站要有 10 英里远的距离，离最近的邮局也会有两英里。他没有老伴儿，和女管家玛卡蕾蒂太太和另外三个仆人在一起，住着一座很大很大的房子（这三个仆人中一个叫爱薇，一个名字叫玛格丽特，一个叫蓓蒂，她们在这个故事中出现得不多）。教授已经很老很老，有一头白发十分蓬乱。孩子们一来到这里就喜欢上了他。但在第一天傍晚时，当他从大门口走出来迎接他们四个的时候，他的那副怪模样使得年龄最小的璐茜感到有一点儿害怕，而艾德蒙呢（除了璐茜他年龄最小），却忍不住要笑出来，他只好不断地装作是在擤鼻涕，这才没有笑出声音来。

第一天晚上时，四个孩子向老教授道晚安之后，就一起上楼了。两个男孩来到女孩子的寝室，一起交谈了起来。

彼得说，"我们的运气真不错，这儿太好了，我们喜欢干啥就可以干什么，这位老先生是不会干涉我们的。"

苏珊说："我看他是个讨人喜欢的小老头。"

艾德蒙说："哎呀，别东拉西扯了！"他现在已经很累很累了，但偏偏装做不是很累的样子。每当这种时候，他往往要发脾气："别再继续说这些啦！"

苏珊回了他一句，"你觉得说什么才好？你该睡觉啦。"

"你还学着妈妈的样子教训起我来了，"艾德蒙说，"你是什么人？我想什么时间睡觉，还要用你管！你自己去睡觉吧。"

璐茜调解道，"大家都睡，好不好？人家如果听到我们还在这儿聊天，一定会骂我们的。"

彼得说："根本不会的，我不是说过了吗，在老教授家里，谁都不会管我们的。而且，他们也不会听到我们在讲话的。从这里下去到饭厅的话，中间有这么多的楼梯和过道，大约要走 10 分钟的路。"

"这是什么声音？"璐茜突然问道。这所房子比她之前住过的任何一所房子都大得多，一想到这些长长的过道和一扇扇通向空荡荡的房间的门，她就感觉到有点儿害怕，浑身起了鸡皮疙瘩。

艾德蒙解释说："傻东西，这是鸟儿在叫啊。"

"这是猫头鹰的啼叫声，"彼得说，"这里是各种各样的鸟儿栖息的最好休息场所。我要去睡觉啦。喂，我们明天去探险玩吧。在这样的一个地方，随便什么东西你没准都能找到。在来的路上，你们看见那些山没有啊？还有一些树林？那里也许会有鹰啊，鹭啊，鹿啊什么的很多东西。"

璐茜问："有獾吗？"

艾德蒙说："还有蛇！"

苏珊说："还会有狐狸呢！"

但是第二天早晨，淅沥淅淅地下起雨来了。雨很大，如果透过窗子朝外望过去，你既看不见山，又看不见森林，甚至连花园中的小溪也看不见的。

艾德蒙说："没有办法，天大概还要继续下雨，我们只好听天由命了呀。"他们刚刚和教授一起吃好了早饭，就来到楼上那个教授给他们安排的房间。这是一个既狭长又低矮的房间，两头各开着两扇窗，可以看到外面的世界。

苏珊说："别发牢骚了，艾德①，说不定过几个小时以后，天会转晴。就算是现在，也不是没什么可玩的。这里有无线电，还有许多许多书。"

彼得说："我才不稀罕这些玩意儿呢，我要在这个住宅内进行探险。"

他们都同意彼得的建议，一次奇遇就是这样子开始的。这所住宅，你似乎永远都走不到它的尽头，里边尽是一些意料不到之处。他们先试着打开了其中的几扇门，原来是几间没有人居住的空房

---

① 艾德是艾德蒙的昵称。

间，这是大家事先都已经预料到的。接下来，他们进了一个特别狭长的房间，墙上都挂满了图画，他们还在屋子里面发现了一副盔甲。接下来，他们又走进了另外的一个房间，里面全是一些绿色的装饰物，只是在角落里摆着一把竖琴。这之后，他们走过一上一下的两段楼梯，又来到楼上的一间小厅，小厅中有一扇门通向外头的阳台。从小厅走出来以后，他们又走进一连串互相相通的房间，里面都放满书了。这些书绝大部分都是非常旧的，有些比教堂的《圣经》还要大。他们在这里待了片刻，又顺道走进另一个空荡荡的房间张望了一下，只见里面放着一只很大的衣橱，在橱门上镶着镜子。除窗台上面放着一个已经褪了色的蓝花瓶以外，其他的什么都没有了。

彼得说："这有什么意思？"大家都跟着走出去了，却只有璐茜一个人落在后面。她想试试看能否把那个衣橱打开，尽管她几乎能够肯定衣橱的门是锁着的。连她自己都没有料到，橱门竟然很容易地被她打开了，从里面还滚出了两颗樟脑丸。

她朝橱里仔细地看了一下，里头并排挂着好多件外套，几乎全部都是长长的皮外套。这些衣服摸上去软软的，还带有樟脑的清香，璐茜再高兴不过了。她一步跨进了衣橱，挤到皮衣的中间，她的小脸蛋贴在毛茸茸的皮衣上面轻轻地摩擦。当然，她让橱门开在那里，因为她知道，人把自己关在衣橱里是非常愚蠢的。往里挪动了一下，发现在第一排衣服的后面还挂着一排的衣服，里面黑洞洞的。她把两只手向前伸，生怕自己的脸碰到橱的后壁。她又向前跨了一步，然后两步，第三步，想要用手指尖触到木头的橱壁，但是她始终没有能摸到。

璐茜暗自想："这个衣橱真大啊！"一边又继续向前走。她不时拨开交叠着的柔软的皮衣，替自己开路。这时，她感觉到脚底下有什么东西在"嘎吱""嘎吱"地作响。"我难道踩到樟脑丸了？"她想着，一边蹲下身来用手去抚摸。然而她摸到的不是坚硬又光滑的木头橱底，而是一种柔软的、冰冷的、粉末似的东西。"多么的奇怪啊？"她一边说，一边又往前跨了一两步。

她很快地就发现到，碰在她手上和脸上的已不再是软绵绵的皮毛了，而是一种粗糙又坚硬甚至有点扎手的东西。璐茜一声惊叫，"哎哟，这像树枝嘛！"这时，她看见前面点着一盏灯。原来衣橱的后壁只有几英寸远，但是这盏灯看上去却在老远的地方。一种冰冷的轻飘飘的东西正落在她身上。一会儿之后，她发现自己正站在深夜的树林中，美丽的雪花正从空中飘落了下来，她的脚下全都是积雪。

璐茜感到有点儿害怕了起来，但同时又感觉到兴奋和好奇。她回头望去，穿过树干与树干之间的幽黑的空隙，仍然能够看到敞着的橱门，甚至还可以隐约地瞥见她从那里进来的那间空屋子。（当然，她是让橱门敞开着的，因为她明白，把自己关在衣橱里面是件非常愚蠢的事情。）那里应该还是在白天。璐茜想道："就算是出了什么事，我也能回去。"她又继续朝前走，"嘎吱""嘎吱"地踏着积雪，穿过森林，一直朝向那盏灯走过去。

大约过了10分钟，她就走到了那里，原来这是一杆灯柱。正当她全神贯注望着灯柱，猜测为什么在树林里有一个灯柱，考虑下一步应该怎么办的时候，她一下子听到一阵"啪哒""啪哒"的脚步声。不久，从树林中走出一个模样古怪的人，一直走到灯柱下面。

这人只比璐茜稍微高一点，头上举着一把伞，伞上面满是雪，一片的白色。他的上半身看上去像是人，但他的脚却像山羊，那上面的毛黑亮亮的；他没有脚，而长着山羊似的蹄子。他还有一条尾巴的，但璐茜最初并没有看到。因为害怕拖在雪地里弄脏，他把它搭在拿伞的那个臂弯里。他的颈项上围着一条红色的羊毛围巾，红彤彤的小脸，相貌有点奇怪，却又很惹人喜欢。留着尖尖的小胡子，梳着卷曲的头发，额头两侧各长着一个角。他一只手撑着伞，另一只手臂抱着一摞棕色的纸包。看上去，他很像刚买了东西回来准备要过圣诞节①的。其实，他就是古罗马的农牧之神丰讷。当他发现璐茜时，他大吃了一惊，于是手中所有的纸包都掉落到了雪地上。

丰讷惊呼了一声："天哪！"

璐茜有点害怕起来，但同时又觉得好奇和兴奋。她回头望过去，穿过了树干与树干之间的幽暗的空隙，仍可以看到那个敞开着的橱门，甚至还可以瞥见她从那儿进来的那间空屋子。

---

① 圣诞节：在每年 12 月 25 日，是基督教徒纪念耶稣基督"诞生"的节日。在欧美国家，每到圣诞节，家家户户都要用常青的枞树、冬青以及蜡烛、彩灯将室内和屋外装饰起来，用来象征春回大地。

# 第二章　璐茜看到了什么

璐茜说："晚上好！"

丰讷因为只顾捡起地上的纸包，还没有来得及回复璐茜的问候。等到他把东西全部拾起来之后，他才朝璐茜微微地鞠了一个躬。

丰讷说："晚上好哇，晚上好哇，实在是对不起，请问一下，你应该就是夏娃①的女儿吧？"

璐茜回答道："我的名字叫做璐茜。"她不全明白他的话。

"你是个女孩吗？请问。"

璐茜说："当然啦，我是个女孩。"

"你真的是夏娃的女儿吗？"

"我当然是人啰。"璐茜说，她还是有点摸不着头脑。

丰讷说："肯定是了，肯定是了，我多可笑啊！我从来没看见

---

①　夏娃——《圣经》故事中人类的祖先。据《创世记》记载，上帝用泥土造人，取名为亚当，并以亚当的肋骨创造了他的妻子夏娃，把他们一同放在伊甸园里，后来两人偷吃禁果犯罪，被逐出伊甸园。

过亚当①的儿子与夏娃的女儿长的什么样子。我很高兴，这也就是说……"说到这里。他突然停住不说了，话已窜到了嘴边，好像又猛地想起了不应该这么说似的。"非常高兴，非常高兴，"沉默一会儿他继续说，"请允许我作一个自我介绍，我的名字叫做杜穆纳斯。"

璐茜说："见到你我也很高兴，杜穆纳斯先生！"

杜穆纳斯先生说道："喔，璐茜，夏娃的女儿，请问，你是怎么到那尼亚这里来的？"

璐茜问道："那尼亚？这是什么地方啊？"

丰讷道："这里就是那尼亚的国土，它全部的国土就是在灯柱和那东海边上的凯尔。在巴拉维尔大城堡中间。你呢，你是从西边的那个野树林那儿来的吗？"

璐茜道："我……我其实是从一间空屋的衣橱里进来的。"

"唉呀！"杜穆纳斯先生用一种有点忧郁的声音说，"假如我小的时候多学些地理，对这些古怪的国家的状况就会清清楚楚了，现在真的是后悔莫及啊！"

璐茜说："它们根本就不是什么国家，"她几乎就要笑出声来，"就在我身体不远的地方，真的，那儿现在还是夏天。"

杜穆纳斯先生说道："可是，在那尼亚，现在却是冬天。这里的冬天是这么的漫长。嗯，我们这样子站在冰天雪地里面说话会着凉呢。啊，你是夏娃的女儿，你来自遥远的空屋之国，在那里，永

---

① 亚当——参见夏娃注释。

恒的夏天统治着明亮的衣橱之城。那么你愿意到我家里与我一起品尝茶点吗？"

璐茜说道："不必了，杜穆纳斯先生。我该回去了，谢谢。"

丰讷说道："只要转个弯就到了。我家里燃着很旺的炉火，有沙丁鱼、烤面包和鸡蛋糕。"

璐茜说道："啊，你真好，但我只能稍微坐一会儿。"

杜穆纳斯先生说道："请你抓紧我的手臂，夏娃的女儿，这样，我们就可以同撑一把伞了。好啦，请跟我走吧。"

于是璐茜就这样，和这个奇特的人手挽着手穿过树林，好似他们很早以前就是好朋友一样。

没过多长时间，他们来到了一个地方。这个地方的路面高低不平，脚下到处都是石头，起伏不断的小山连绵成片。到一个小山谷的谷底了，杜穆纳斯先生忽然拐向一边，向一块大石头径直走了过去。最后，璐茜发现他正带着她来到一个洞穴。他们一走进洞里，璐茜就感到被柴火照得睁不开眼来。杜穆纳斯先生蹲下去，使用一把小巧的火钳子，从火堆里取出一块正在燃烧着的木柴头，用来点亮了一盏灯。"马上就会好啦！"他一边说着，一边把一个水壶放在火焰上。

璐茜想道，她从来没有到过比这里更舒适的地方。窑洞不大，四壁的石头泛着红色的光芒，洞内很干净，地上铺着一张地毯，摆着两把小椅子（"一张我坐，另一张给小朋友坐。"杜穆纳斯先生说道），还有一个碗橱，一张桌子，火炉上有个壁台，在壁台的上方挂着一张白胡子老丰讷的图像。窑洞的角落有一扇门，璐茜想着，这一定是通往杜穆纳斯先生的卧室的。门旁边的壁橱上面摆满了书，书名有：《森林神仙的学习和生活》、《山林沼泽中的仙女》、《人、僧人和猎场看守人》、《民间传奇的研究》、《人类是神秘的吗？》等等。在丰讷摆餐具的时候，璐茜就在翻看这些书。

丰讷说，"好了，夏娃的女儿，请吃吧。"

说句实在话，这是一顿非常丰盛的茶点：先是每人各一只金黄色的煎鸡蛋，鸡蛋煎得格外鲜嫩；接着是沙丁鱼盖烤面包；然后又是奶油抹面包。白糖蛋糕，蜂蜜拌烤面包，也应有尽有。等到璐茜一点都不想再吃时，丰讷就和她攀谈起来。他有着许多有关林中生活的精彩故事。他向她描述夜半舞会的盛况，讲水仙和树仙是怎样出来和农牧之神一起舞蹈，讲长长的打猎队伍如何追逐乳白色的仙鹿，如果你捕捉到了，这种仙鹿它就会给你带来幸运。他还讲了树林里的宴会，讲了他怎样和聪明的红发矮神在距离地面很深的岩洞和矿井里面寻宝。最后，他谈起了林中的夏天。那时候，树木都披上绿装，年老的森林之神常常骑着壮实的驴子拜访他们来。有时候，酒神巴克斯也会亲自光临。巴克斯一来到这里，河里流淌着的水都变成了酒，整个森林一连好几星期都沉浸在节日的欢乐中。"哪里像现在这个样子，冬天总是没完没了的呀！"他话头一转，显得非常忧伤。为了振作精神，他从碗橱上的箱子里取出一根小笛子吹起来了。这笛子看上去很奇怪，好像是使用稻草秆削出来的。那曲调使璐茜一会儿想流泪，一会儿想大笑，一会儿想睡觉，一会儿想跳舞。她一直觉得恍恍惚惚的，过了好几个小时，她才醒转过来，对丰讷说：

"喔，杜穆纳斯先生，打断了你的演奏，实在非常的抱歉。我非常喜欢这个曲调，可是我真的得回去了，真的，我原本只想逗留几分钟的。"

丰讷放下了笛子说："现在不行了，你知道么？"非常悲伤地向她摇了摇头。

璐茜被吓得猛地跳起来，"怎么不行了？你说什么？我一定要马上回去。不然别人还认为我出了事情呢！"接着，她又问丰讷道："杜穆纳斯先生，这到底是怎么回事？"此时，丰讷那棕色的眼睛里面噙满了泪水，泪水沿着脸颊一滴一滴地往下流淌，又从鼻尖滚落了下来。最后，他用双手捂住脸，号啕大哭了起来。

璐茜感到非常难过，"杜穆纳斯先生，哦，杜穆纳斯先生，别哭了！别哭！这到底是怎么回事啊？你哪里不舒服吗？亲爱的杜穆纳斯先生，你要告诉我呀！"但丰讷仍然哭个不停，就像他的心都要破碎了似的。用双手搂住了他，璐茜走过去，把她的手绢掏出来递给他。他还是一直不停地抽泣。他接过来手绢，一边擦着眼泪，一边哭，手绢湿得不能再用时就用手拧几下。不一会儿的工夫，璐茜脚下的一小块地方就湿漉漉的了。

璐茜摇晃着他的身体，在他的耳边大声喊道，"杜穆纳斯先生！停住，立刻停住！你应该为自己感觉到羞愧，你是一个堂堂的农牧之神，到底是什么事情使你哭得这么伤心？"

杜穆纳斯抽泣着，"呜，呜，呜，我哭泣，因为我是这样不好的一个农牧之神。"

璐茜说道，"不，你绝对不是一个坏的农牧之神，你是一个非常非常好的农牧之神，你是我遇见过的最好的农牧之神。"

"呜，呜，如果你知道了这件事情的真相，就不会这样说了，"杜穆纳斯先生抽噎着回答道，"我是一个不好的农牧之神。我想，自从开天辟地以来，再没有一个比我还坏的农牧之神了。"

璐茜问："那么你究竟做了些什么坏事呢？"

杜穆纳斯先生说，"我那年迈的父亲，你看，挂在壁炉台上面的就是他的画像……他就不会做出这种事情来。"

璐茜问道："什么样的事情？"

丰讷回答："我所做的事情，是给白女巫效劳。我做的就是这种事情，我是给白女巫收买的。"

"那是什么人？白女巫？"

"哎哟，这还需要问吗？是她，控制整个那尼亚；就是她，使得那尼亚一整年都是冬天，从来都没有圣诞节，你想想看，这会是一种怎么样的情景啊！"

璐茜说："真可怕呀！但她要你做些什么呢？"

"她要我做的是一些丧尽天良的事，"杜穆纳斯先生长叹一声说道，"我专门替她拐骗小孩，这是我做的勾当。夏娃的女儿，我就是这样子的一个农牧之神，这个你会相信吗？在树林里遇到一个天真无辜的可怜的孩子之后，我就假装和他交朋友，邀请他到我的洞里面来，等骗到他睡熟以后，就把他给白女巫送过去。"

璐茜说："这个我不会相信，我能肯定，你是不会干出这种事情来的。"

丰讷说："可是我已经做了。"

"嗯,"璐茜的语调缓慢下来了(是因为她既不愿意撒谎,也不想对他过分严厉),"这的确是太没有良心了。但是,你为此这样的难过,我相信你绝对不会再做这样的事了。"

丰讷说:"夏娃的女儿,难道你还不明白吗?这并不是我之前干过的事,而是我此刻正在做的事。"

"你想要做什么?"璐茜尖叫了一声,她的脸色一下子变得煞白。

杜穆纳斯先生说:"你就是那样的孩子,我早就从白女巫那里得到了命令,假如我在树林里发现亚当以及夏娃的儿女,我必须把他们抓来,交给她。你是我遇到的第一个孩子,我装作和你做朋友,请你来吃茶点,而我一直在等待,想等你睡熟了之后,我就去向她报告。"

[大家都朝衣橱里面仔细地观察一番,把皮衣服拨开之后,他们都看见——连璐茜自己也看到——这完全是一个普通的衣橱。里面没有积雪,也没有树林,只有衣橱的后壁,上面钉着铁衣钩。彼得跨进衣橱里面,用手指头轻轻敲了敲,证实这的确是衣橱的后壁。]

"哦,不过,你是不会去报告的,对不对?真的,真的呀,你千万不要去告诉她呀!"

正说着,"如果我不去告诉她,"他又哭泣了起来,"她最终总归会发现,她就会割去我的尾巴,锯掉我的角,拔光我的胡子。而且她会挥动她的魔杖来打掉我对这美丽的蹄子,把它们变成像劣马一样可怕难看的单蹄。假如她恼羞成怒,她会把我变成一块石头,变成她那恐怖的庭院里的一座丰讷石像，一直到凯尔·巴拉维尔四个国王的宝座被人类占去之后为止。可是，谁晓得这样的事哪天才会发生，到底是不是会发生呢？"

"杜穆纳斯先生，非常的抱歉，"璐茜说道，"请你允许我回家吧。"

丰讷说道："我当然会让你回家，我一定要这样做。在遇到你之前，我并不知道人类长的什么样子。终于现在我知道了。既然已经认识了你，我就不能够把你白白地交给白女巫。不过我们必须立刻逃离这里。我要把你送回到灯柱那里。我想，到达那里以后，你就能找到回空屋和衣橱的道路了。"

璐茜说："我相信我能找到的。"

"我们行进的时候，尽量不要发出声音，"杜穆纳斯先生说道，"整座森林里面都布满了她的眼线，甚至连有些树木也属于她的那一边。"

他们站起来，连茶具都没有收拾起来。杜穆纳斯先生再次打开了伞，让璐茜夹着，两个人出了门，走进了冰天雪地里。他们一声不吭地抄着小路，急匆匆地在树林中最隐蔽的地方跑着，一直跑到灯柱前面，璐茜才松了一口气。

"你认识从这儿回家的路吗？夏娃的女儿。"杜穆纳斯问道。

璐茜仔细地看了看在森林里，看到远处有一小片亮光，看上去很像阳光。

她说道："认得，我已经看见了衣橱。"

丰讷说："那就赶紧走吧，还有啊，你——你愿意原谅我原本想做的坏事吗?"

　　璐茜十分诚恳地握住他的手说:"说到哪儿去了,我只是发自内心地希望你不会因为我而遭受到麻烦。"

　　他道:"再见了,夏娃的女儿,这块手绢可以允许我随身带着吗?"

　　璐茜说:"当然可以了。"就急急忙忙朝向远处有亮光的地方飞奔了过去。不一会儿,她就感到从她身旁擦过的已不再是又粗又硬的树枝而是柔软的毛皮衣服了,她的脚下也不再是"嘎吱""嘎吱"的积雪,而是干爽的木板了。一眨眼间,她发现自己已走出了衣橱,来到了原来的那间空屋——这一段奇妙的经历是从这间空屋子开始的。

　　她紧紧地阖上橱门,朝四周张望了一遍,不停地喘着粗气。雨水仍在下着,她一清二楚地听到他的伙伴们正在走廊里说话呢。

　　她大声喊道:"我在这儿呢,我在这儿呢。我回来啦,安然无恙地回来啦。"

# 第三章　艾德蒙和衣橱

璐茜从空屋子里跑出来，一口气跑到走廊里面，找到了另外三个孩子。

她高声说："好啦，好啦，我可回来啦！"

"你在大惊小怪些什么？璐茜。"苏珊问。

璐茜感到很奇怪，"啊？你们干吗不问问我到哪里去了？"

彼得说道："你躲起来了，对不对？可怜的璐①啊，你就躲这么一小会儿，谁也不会理你。假如你想要别人来找你，你就要躲上更长的时间才行呢。"

"可是我已经到那里去了好几个小时啦。"璐茜道。

另外三个人都惊讶地瞪大了眼睛，你看看我，我看看你。

"疯了吧！"艾德蒙拍打着自己的脑袋说，"真是发疯啦！"

彼得问道："你刚刚说什么来着，璐？"

---

① 璐，璐茜的爱称。

璐茜回答说："我是说，吃了早饭之后，我走进了衣橱，我在里面待了好几个小时，人家请我吃茶点，我还遇到了很多奇怪的事。"

苏珊说："别说傻话了，璐茜，我们刚刚从空屋里走出来，你躲在那儿就这么一会儿工夫。"

彼得道："她一点儿也不傻，她是在编着一个有趣的故事，是不是，这有什么不好的呢，璐茜？"

"不，彼得，我并不是在编故事，"她辩解着道，"这是一个非常神秘的衣橱，那里头有一座森林，正在下着雪，那里有一个女巫和一个农牧之神，那个国家叫做那尼亚，你们来看看吧。"

她这样一说，其余的人就更加觉得莫名其妙了。但是璐茜越说越激动，他们于是都跟着她一起回到了屋里。她抢先急匆匆地推开了橱门道："喏，你们进去看看吧。"

"你真是个笨蛋，"苏珊把脑袋伸进橱里面，把皮衣向两侧拨开说，"这不过是一个普通的衣橱，看啊，那里不是衣橱的后壁么！"

大家都往衣橱里面认真地观察一遍，把皮衣服全部拨开之后，四个孩子都看见——连璐茜自己都看见——这完全是一个普通的衣橱。里头没有积雪，也没有树林，只有衣橱后壁，上面钉着几个衣钩。彼得走进衣橱里面，用手指节轻轻地敲了一敲，证实这的确是衣橱的后壁。

"你真会说谎，璐，"彼得一边说，一边走出来，"我必须承认，我们真的被你给欺骗了，我们差不多听信了你所说的话。"

璐茜说："我一点儿都没有说谎，的的确确没错，刚刚的情况不是这样的。这是真的，我敢发誓。"

彼得说："你走过来，璐，你这样就更加的不对了，你说了谎，还不想改正错误。"

["如果你还来的话——当然把他们一起带来——我还会给你更多土耳其软糖吃，但是我发现再不能给你，是因为这种魔法只能用一次。当然，到了我家，情况就不一样了。"]

璐茜急得满面通红，还想辩解，但又不知道说什么好。忽然，她大声地哭了起来。

连续好几天，璐茜一直都闷闷不乐。假如她不顾事实随口承认只是编造出来这个故事让大家开开心的，那么她就很容易与大家和好。但是璐茜是非常非常诚实的小姑娘，她坚定地相信自己是正确的，她不肯随便乱说。但是别人呢，都认为她是在说谎，而且是一个很愚蠢的谎，这使得她感到格外委屈。苏珊和彼得批评她说谎并非有意地奚落她，但是艾德蒙却似乎是有点故意找岔。这回，他像抓住了把柄似的不断嘲笑璐茜，一次又一次地询问她是不是在屋子里别的橱里也发现了其他的什么国家。那几天本应该是非常愉快的日子，天气很好，他们从早晨到傍晚都在外面，洗澡啦，爬树啦，钓鱼啦，躲在石楠①树丛里玩啦，掏鸟窝啦，但璐茜却对这些一点都不感兴趣。这种情况一直延续到之后的又一个阴雨绵绵的天气。

那天，到了下午，雨还没有停，他们决定玩捉迷藏的小游戏，其他三人躲，由苏珊"捉"。大家刚开始，璐茜就跑进了放衣橱的

---

① 石楠：一种常绿灌木，叶子呈长圆形，开白色小花。

那一间空屋。她并不是想躲到橱里去，因为她知道，假如那样做的话，只会使旁人再一次谈论起那件令人尴尬的事来。但是她很想到橱里面去看一看，因为这几天来，她开始去怀疑那尼亚王国和农牧之神只不过是个梦罢了。她想道，房子结构是这样复杂，这样大，可躲藏的去处多得很，先到橱里面看一看，再躲到别的地方去，时间也总是来得及的。但是她一走进衣橱里面，就听见外边走廊里面有脚步的声音，她没有别的法子，只好跳进去，并顺手关上了橱门。她没有将橱门关严，因为她明白，即使这不是一个神奇的衣橱，把自己关在衣橱里面也是十分愚蠢的。

事实是艾德蒙跑过来了，他走进屋里头，刚好看到璐茜的身影消失于衣橱中。他急忙追上来，这并不是他把衣橱看成是躲藏的好去处，而是想继续取笑璐茜编造的那个国家的故事。艾德蒙拉开橱门，里边像平时一样挂着外套，还散发着樟脑丸的气味，静悄悄的、黑乎乎，就是看不见璐茜的人影。艾德蒙自言自语说道："她认为我是苏珊来找她的，所以她一直就躲在衣橱里面不吭声。"于是乎，他一步走进去，关上了门，忘记了这样做是多么愚蠢。他随即在黑暗中摸索起来。他原本以为不消几秒钟就能找到她，但是令他奇怪的是，他怎么也找不到。他想去打开橱门，让亮光透一点进来，但是他没有找到橱门。他急得四下乱摸，而且高声喊着："璐！璐茜，你躲在哪儿呀？快点出来，我知道，你就在这里面。"

没有人回答。艾德蒙发现他自己的声音非常的奇怪，不像你所知道的在橱里的声音，而像是在旷野里发出的。他感觉到冷得不得了。正在这时，他看到前面有道亮光。

艾德蒙道："谢天谢地，一定是橱门自己开了。"他已经把璐茜忘得干干净净，只顾朝那亮光走过去。他还以为那儿就是开着的橱门呢。但是他马上就会发现，他没有走出衣橱返回空屋子，而是从浓密的枞树荫里走向了林中的一片空地。

他的脚下踩着又脆又干的雪，树枝上也堆着一团一团的积雪，头上方是一片蔚蓝的天空，就像人们在冬季晴朗的早上看到的那种天空的颜色。他看见太阳刚从正前方的树干中间升起，通红通红的。四周一片寂静，好像在这个国家，除了他以外，什么生灵都不存在了。在树林中间，连一只知更鸟和松鼠都没有，森林向四面八方延伸开去，一望无际。他不禁打了一个寒战。

此时他忽然想起，他是来这里找璐茜的，也想到，他对她说的故事原来是多么反感，而现在四周的一切证明她所说的情景是真的。他想璐茜一定就在附近的什么地方，所以他高声喊叫着："我是艾德蒙，璐茜！璐茜！我也来了。"

但是没有回答。

"她是因我上次错怪了她而生气了吧。"艾德蒙想道。虽然他不愿意承认自己错了，可是也不想孤零零地站在这个寒冷、陌生而又孤寂的地方。于是他又大声喊了起来：

"喂，璐茜，以前你说的话我不相信，请你原谅我！现在我已经明白了，你说的是对的。赶紧出来，我们还是和好吧！"

还是没有回答。

"真是小女生脾气，"艾德蒙自言自语道，"一个劲地闹别扭，人家都向她赔礼道歉了，她还是不理人。"他又看看四周，觉得实在没有在这里逗留的必要。他正准备要回家的时候，听到遥远的森林里传来了铃铛的响声。他认真地倾听着，这个铃声越来越近。到最后他看到，一辆雪橇由两头驯鹿拉着急奔而来。

这两头驯鹿和设德兰群岛①的矮种马体型差不多大小。它们身上的毛发比雪还要洁白，它们头顶上的叉角在朝阳的照耀下闪烁着红色光芒，它们脖子上的套具是用深褐色的皮革制成的，上面带着铃铛。在雪橇上赶鹿的是一个肥胖的小妖，假如他站直了的话，大概只有三英尺高。那小妖穿着北极熊皮做成的衣服，头上包裹着一条红色的丝巾，长长的橘黄色的穗子从头顶上垂了下来；他的大胡子直接垂到两膝，简直可以当一条围裙来用。在他的后面，在雪橇中央的一个高得多的座位上，端坐着一个与众不同的女性，她比艾德蒙之前见到的任何一个女性都要高大。那女人也全身穿着洁白的毛皮衣服，右手里握着一根又长又直的金棍，脑袋上戴着一顶金冠。除她那血红的嘴唇以外，她的脸就像雪、冰糖或纸一样白。她的面庞还算漂亮，但却显得十分冷酷和骄横。

雪橇朝艾德蒙疾驶而来，铃铛"叮当""叮当"地响着。小妖"啪啪噼噼"地挥动着鞭子，雪向雪橇的两边飞溅，看上去真是一幅美丽的画面。

"停！"端坐在雪橇上的那个女人说道。小妖猛地拉了一下驯鹿，驯鹿几乎都要坐了起来。它们很快回到了原状，站在那里，"格格"地咬着嘴中的嚼子，呼呼直喘气。在这样的严寒的天气里，

---

①　设德兰群岛：苏格兰东北部和北部的群岛，设德兰矮种马是此岛特有的牲畜。

它们从鼻孔里呼出来的热气看上去就像烟雾一样。

那个女人问道："喂，你是做什么的？"两眼紧盯着艾德蒙。

"我，我，我的名字叫做艾德蒙。"艾德蒙十分不安地说。他对她打量他时的那副神情很不满意。

那女人皱起了眉毛。"你就这样对女王说话吗？"她说道，样子显得更严厉了。

艾德蒙说："请原谅我，陛下，我不晓得你是女王。"

"竟然不认识那尼亚的女王？"她尖声叫道，"哈。很快你就认得的。回答我的话：你到底是做什么的？"

艾德蒙说道："陛下，我不懂你是什么意思，我在上学——确实是这样的，陛下——最近学校放假。"

[他们找了好长的一段时间，才找到了璐茜。果然不出他们所料，她哭的正伤心。不管他们怎样说，璐茜一直坚持她说的故事是真的。]

# 第四章　土耳其软糖

那女人又问："那么你究竟是做什么的？你是个剃光了胡子、长得非常高大的小妖吗？"

艾德蒙道："不，陛下，我还没来的及长胡子呢，我是一个男孩。"

她说："一个男孩！你难道就是亚当的儿子？"

他一愣，没有回答。他被问得糊涂，一点也不明白这句话的意思。

"我看，不管你是做什么的，你都像个傻瓜，"女王说道，"回应我的问题，就这一次了，别惹我发火，你是人吗？"

艾德蒙说，"对的，陛下。"

"如果是这样，我问你，你是怎么来到我统治的这里的？"

"陛下，抱歉，我是从衣橱进到这里来的。"

"衣橱？这是怎么回事？"

"我，陛下，我打开了橱门，一跑到里头，就发现我到这儿了。"艾德蒙回答说。

女王像是在自言自语，"哈哈！是一扇门，一扇通向人类世界的门！之前我也听说过这种事。这下可是糟糕了。不过，还容易对付。他只有一个人。"她一边说，一边从座位上站起来，死死地盯住艾德蒙的脸，眼睛里射出恶狠狠的光焰。她挥动起手中的棍子。艾德蒙想，她一定要做什么可怕的事情了。他好像觉得自己已经动弹不得。正当他认为自己快要死掉的时候，那女王又似乎改变了主意。

她说话的腔调变得不一样了，"我那可怜的孩子，瞧，你被冻成这个样子！坐到我的雪橇上来吧，我给你盖上披风，好一起聊聊天。"

艾德蒙内心不喜欢，但又不敢违抗，就只好跨上雪橇，坐在她脚旁。她将毛皮披风的一头披在他身上，把他裹得紧紧的。

女王问："你想喝一些热的东西吗？"

艾德蒙说道："谢谢，陛下。"他的牙齿在不停地打战。

女王从身上掏出一个很小的瓶子，它瞧上去是铜做的。之后，她伸出手臂，从瓶子里倒出一滴东西滴在雪橇边上的雪地上。他看到，这一滴液体在落地前就像宝石一样闪闪发光，但它一接触到雪，便发出一阵嗞嗞的响声，顿时变成了一个水晶杯。杯子里面装满了饮料，还直冒热气。那个小妖立刻拿起杯子，递给艾德蒙，同时皮笑肉不笑地朝他鞠了一个躬。艾德蒙呷了一口，感觉舒服多了。这是他从没喝到过的奶油饮料，非常非常甜，泡沫很多。他喝下去以后，一直暖和到脚跟。

"只饮不吃是白痴，亚当的儿子，"女王之后说道："你最喜欢吃什么东西呀？"

艾德蒙说道，"土耳其软糖，陛下。"

于是，女王又从瓶里倒出一滴液体滴到雪地上，地上立刻出现了一个圆形盒子，用绿丝带围着，里面装着好多最好的土耳其软糖，每一块又软又甜。艾德蒙从来没吃过比它更好吃的东西。他现在感到非常舒适，非常暖和。

他吃软糖的时候，女王接二连三地问了他很多问题。一开始，艾德蒙竭力让自己记住，但是没有多久他就忘得干干净净。他只顾着狼吞虎咽地吃软糖。他越吃，就越想吃，一点儿也没想到为何女王要问他这么多的问题。最后，他把所有情况都告诉了她：他有一个姐姐、一个哥哥和一个妹妹，他的妹妹也曾经到过那尼亚，还碰见了一个农牧之神，除他们兄妹四个人以外，没有谁知道那尼亚的情况。女王听说他们有兄妹四人，似乎特别感兴趣，她反反复复地问："你能确定你们刚好是四个人吗？夏娃的两个女儿和亚当的两个儿子，不多也不少？"艾德蒙嘴巴里塞满软糖，一遍又一遍地回答："对的，我已告诉过你了。"此时他都忘了称呼她"陛下"，但她似乎并不在乎。

土耳其软糖全部吃完了，艾德蒙的眼珠子滴溜溜地瞅着那个空盒子，希望她再问他一次是不是还想吃。女王很可能晓得他此时此刻的思想活动。因为，虽然艾德蒙没说出口，但她却是十分清楚，这种土耳其软糖其实是一种施了妖法的迷魂糖，不管是谁吃了以后，都会越吃就越想吃，只要给他吃，他就不会停止吃，一直吃到中毒死为止。女王没有再给他吃，只是说道：

"亚当的儿子呵，我多么希望能够见到你的兄弟与姐妹啊！你把他们带到我这里来，好吗？"

艾德蒙说道："我一定照办。"两只眼睛仍旧盯着那只空盒子。

"假如你再来的话——要把他们一起都带来——我就会给你更多的土耳其软糖品尝。但我现在不能给你，因为这个魔法只能用一次。当然啰，到了我的家，情形就不同了。"

"那么现在就到你家里面去好吗？"艾德蒙试探着问道。他刚刚坐上雪橇时，担心会把他带到一个特别陌生的遥远的地方去。他将永远都回不来了，可是此时，他的这种担心已被他抛到了九霄云外。

"我家是个很舒服的地方，"女王说道，"我肯定你会很喜欢，那里有好多房间是专门存放土耳其软糖的。还有，我自己没有孩子，我很想我一个漂亮的男孩当王子，等到我死了之后，他就做那尼亚王国的国王。他在做王子的期间就可以戴上金冠，整天都吃土耳其软糖。你是我见过的最漂亮最聪明的孩子。你哪天把另外三个人领到我家来，我就哪天让你当王子。"

虽然女王如此夸奖他，但是他乍看起来既不漂亮又不聪明。

艾德蒙说道："为什么不允许我现在就去呢？"脸色变得通红，手指和嘴上都是黏糊糊的。

"哦，如果我现在就把你领到家去，"她说道，"我就见不到你的姐姐、哥哥和妹妹了。我非常想认识认识他们。你将来成为王子，以后还会做国王，但是你还必须有大臣和贵族。我将封你的哥哥做公爵，封你的姐姐妹妹当女公爵。"

"他们没什么值得你十分器重的，"艾德蒙说道，"而且，我能随便在哪天把他们带来。"

女王说："不错，但是如果现在你到了我的家里，你会把他们忘记得干干净净，你就会只顾着自己玩乐，而不想再去寻找他们了。不行！你现在一定要回到你自己的国家去，过几天再和他们一起到我这里来，不和他们一同来是不行的。"

艾德蒙恳求道："但我不认得回去的路。"

[事实证明，璐茜是一个好向导。起初，她担心自己寻找不到路，但她在一个地方认出了一棵长得很古怪的树，后来又认出了一个树桩，最后终于把大家带到了一个崎岖不平的地方。]

女王回答道："这容易，你看见那盏灯吗？"

她用手里的棍子指了指。他转过身去，看到了璐茜曾在那里碰见农牧之神的那根灯柱。

"一直向前走，到灯柱那边，就能够找到通向人世间的路，现在请你看另一条路，"她指着相反的方向问道，"沿着树梢的上头看过去，你能看到有两座小山丘吗？"

艾德蒙回答："能看到。"

"好，我的住处就在那两座小山中间。你下次来的时候，只需要找到灯柱，朝向着那两座小山，穿过这座树林，就可以找到我住的地方。你要让这条河一直紧靠在你的右边，但是必须记住，你必须带着你的姐姐、哥哥和妹妹一起来。如果你只来一个人，可别怪我发火。"

艾德蒙回答道："我会尽我最大的努力。"

女王道："嗯，顺便说一句，你不必将我的情况告诉他们。我们两人之间必须严守秘密，这将是非常非常有趣的事情，你说是吗？要让他们到这里以后大吃一惊。只要你想办法带他进那两座小山丘就行了——一个你这样聪明的孩子要找一个这样的借口还不是很容易——你到了我家以后，只消说一句'让我们看看谁住在这儿'，或其他的这一类的话就行了。在我看来，这是最好的办法。假如你的妹妹见到过一个农牧之神，她也许听到过关于我的什么坏话，她可能害怕到我这儿来。那些个农牧之神最会瞎说了，现在……"

艾德蒙插嘴问："陛下，请你再给我一些土耳其软糖，让我在回家的路上吃好吗？"

女王大笑着说道："不行，不行，一定要等到下一次。"

她一边说着，一边向小妖打了个接着赶路的手势。接着雪橇急驶而去。女王朝着艾德蒙挥手喊道："等到下一次，等到下一次。不要忘了，过几天就到我的家里来。"

当艾德蒙凝视着远去的雪橇时，他忽然听到有人在喊他的名字。他转过头来，看见璐茜正由树林的另一个方向向他走了过来。

她惊喜地叫了起来，"喔，艾德蒙！你也进来啦！好玩吗？"

"是的，"艾德蒙说，"我看啊，你以前说的事是真的，真的是个神秘的衣橱。我一定要向你道歉。可是你刚才究竟去了哪里？我到处找你啊。"

"假如我知道你也进来了，那么我一定会等你。"璐茜说。

她高兴极了，一点儿也没注意到艾德蒙脸色是多么的红，多么的奇怪，说话是多么的急躁。

"我和亲爱的农牧之神杜穆纳斯一起吃过饭。还好他平安无事，上回他把我放走了，之后白女巫没有对他怎么样。他说这件事女巫没有发现，他大概不会碰到什么麻烦了。"璐茜说道。

"白女巫？"艾德蒙问，"那是谁呀？"

"她是个特别可怕的女巫，"璐茜说道，"她自称是那尼亚的女王，可是她根本没有这个资格做女王。所有的小妖、农牧之神、树神、水神、动物，只要是心肠好的，都对她恨之入骨。她能够把人变成石头，能做出各种各样的恐怖的事来。她施出一种妖术，使得那尼亚一年到头都是冬天，一直都过不上圣诞节。她头戴王冠，手持魔杖，坐在驯鹿拉的雪橇里面，到处奔驰。"

艾德蒙吃了太多软糖，早就已感到有点难受，现在听到与他交朋友的那个女人原来竟是个危险的女巫，就觉得更不舒服了。虽然这样，与别的东西相比来说，他还是更喜欢吃土耳其软糖。

他问道，"所有的这些情况，是谁告诉你的？"

璐茜说道，"农牧之神杜穆纳斯先生。"

"不要总相信农牧之神的话。"艾德蒙说，做出一副比璐茜更了解农牧之神的模样。

"这是谁说的？"璐茜问。

艾德蒙说："大家都知道，随便你问哪一个都行。但是，冒雪站在这里有什么好玩，我们回去吧。"

"也好，"璐茜道，"哦，你也来了，艾德蒙，我感觉很开心。

我们两人都来过那尼亚，别人一定就会相信我们。那该多么有趣啊！"

对艾德蒙来说，那尼亚并不像璐茜讲的那样有趣，但是他不得不在大家的面前承认璐茜是正确的。他敢肯定，大家都会站在别的动物和农牧之神一边，只有他会站在女巫这一边。假如大家都知道那尼亚的状况，那么他就有口难辩，也就无法保守他的秘密了。

不知不觉之间，他们已经走了很远，忽然他们发觉，她们周围已经不再是树枝而是衣服了。转眼间，两人已经在衣橱外面的空屋里。

璐茜说："哎哟，你的脸色是多么难看，艾德蒙，你身体不舒服吗？"

艾德蒙回答："我很好。"但这并不是真话，他感觉到很不舒服。

"那么走吧，"璐茜说道，"我们找他们去，我有许多话要告诉他们！假如我们四个人全部都到了里边，我们将遇到许多奇异的事情！"

# 第五章　回到了橱门这一边

由于彼得和苏珊还在玩捉迷藏，所以艾德蒙和璐茜费了好长时间才找到他们两个。当大家一起聚在放有盔甲的那间狭长屋子里之后，璐茜大声说：

"彼得！苏珊！一点儿也不错，艾德蒙也看见了，那儿有另外一个国家，可以从衣橱里进去。我和艾德蒙都进去过了。我们是在那里的树林里碰到的。艾德蒙，你接着往下说吧，把全部的情况全告诉他们。"

彼得问："艾德蒙，这究竟是怎么一回事？"

现在我们到了这个故事之中最令人不愉快的段落。在这之前，艾德蒙一直觉得很不舒服，一直在生璐茜的气，但是对璐茜到底采取什么行动。他一时尚且没有拿定主意。现在彼得突然地问他这个问题，他就一横心，决定做出他能想到的最不光彩的事，来整一整璐茜。

苏珊说："告诉我们啊，艾德蒙。"

　　艾德蒙做出老成持重的样子，好似他比璐茜要大得多（实际上两人只差一岁）。他"噗哧"一笑说道："喔，对呀，璐茜和我都在做游戏，她故意讲上次讲的衣橱里头有个国家的故事是事实。当然，我们只是开开玩笑，实际上，那儿什么东西也没有。"

　　璐茜可怜的看了艾德蒙一眼，便一口气儿奔到了屋外。

　　艾德蒙此时变得越来越不像话，他自以为自己已经取得了极大的成功，便接着说道："她又去啦，她是中了魔还是怎么回事儿？小孩子就是爱胡闹，他们总是……"

　　"听我说，"彼得两眼盯住了他，转过身来，十分气愤地说道，"住口！自从她上回瞎扯了一些衣橱的事之后，你对她总是粗声粗气的，现在你跟她一起躲进衣橱里做游戏，又把她给气走了。我看，你这么做完全不怀好意。"

　　艾德蒙说道："但她讲的通通全部都是胡说八道。"彼得的话让他大吃一惊。

　　"当然全是胡言乱语，"彼得说道，"问题的严重性就在这里。在家里的时候，璐茜是好好的，但到乡下以后，她看上去要么神经不正常，要不就是谎话连篇。但不论是哪种情况，想想看，你今天嘲笑她，对着她喋喋不休说个不停，明天你又恐吓她，这些对她有什么帮助？"

　　艾德蒙说："我原本想，我原本……"可是他又想不出来说什么好。

　　彼得说："你想什么啊，你尽想一些坏主意，对比你小的孩子总喜欢来这一套，我们之前在学校里就经常看见你这样。"

苏珊说道："别说了，你们相互埋怨又有什么用处呢？我们还是去找璐茜吧。"

他们找了好长的一段时间，才找到璐茜。果然如大家所料，她正伤心地哭着。无论他们怎么说，璐茜都坚持说她讲的情况是真的。

"不管你们怎么说，也不管你们怎么想，我都无所谓。你们可以告诉教授，也可以写封信告诉妈妈，随便你们怎么做都行。我只知道在那里碰见了一位农牧之神。我要是留在那里该多好啊！你们尽欺侮人。"

〔这一次他们都瞧清楚了，一张毛茸茸的长满了络腮胡子的脸，从一棵树后面探出头来看着他们。但这一回它并没有立即缩回去，却把它的爪子对着嘴巴，就好像人们将手指头放在嘴唇上，像示意别人安静下来的样子。接着它又消失了。孩子们都屏住了呼吸，站在那儿。〕

这是一个非常不愉快的晚上。璐茜觉得很委屈。艾德蒙也开始感觉到，他的计划并非像他预料的那么奏效。那两个年龄大一些的孩子却真以为璐茜的精神不太正常。在璐茜入睡之后很久，他们仍然站在走廊里悄悄议论着。

第二早，他们决定把所有情况都告诉教授。

"如果他也认为璐茜真有什么毛病，他会写信去告诉爸爸，"彼得说道，"我们可管不住这样的事。"

于是乎，他们就去敲老教授书房的门。教授说了一声"请进"，便站起身，找了椅子给他们坐下，还说有事情尽管来找他，他很乐意替他们效劳。然后他坐了下来，将手指合拢，安静地听他们将整个故事讲完。听完之后，他好长时间没有吭声，最终他清了清嗓子，出乎意料地问道：

"你们怎么能断定璐茜说的故事不是真的呢？"

"哦，可是……"苏珊刚想说话又停住了。在老人的脸色可以看出来，他是非常严肃的。过了一会，苏珊鼓起了勇气说："可是艾德蒙告诉我们，他们只不过是假装着说说玩的。"

"有一个关键的问题倒值得你们认真考虑，"教授说道，"根据你们的经验——请允许我提出这个问题——你们认为哪一个更加诚实一些，是艾德蒙，还是你们妹妹？"

"先生，这真是一个非常有趣的问题，"彼得说道，"直到现在为止，我想，璐茜比艾德蒙要诚实。"

"你觉得怎样呢，亲爱的孩子？"教授转过头来接着问苏珊。

"嗯，"苏珊说道，"我嘛，大约和彼得的看法一样。但关于农牧之神和森林的故事总不太会是真的。"

教授说："这问题我就不清楚了，但是，随便指责一个你们认为诚实的人说谎，这倒是一个十分严重的问题。"

苏珊说道："我们担忧的倒不是璐茜说谎，我们认为很可能璐茜的精神出了毛病。"

"你的意思是她发了疯？"教授十分冷静地说，"喔，这一点很容易判断。只要观察她的脸色，再和她交谈交谈，就能断定出来了。"

"但是……"苏珊才开口又不说了。做梦她也没有想到像教授这种大人能说出这种话来，她真的被搞糊涂了。

教授像是自言自语地说："逻辑！现在的这些学校为什么不教给你们一点逻辑呢？这些事只有三个可能：或是你们的妹妹说了谎，或者是她精神不正常，要不然，她讲的就是真话。你们都讲她向来不说谎，而她的精神又没什么问题。那么在发现更加充分的证据之前，我们就只能假设她讲的是真实的。"

苏珊两眼紧紧地盯着他，从他脸上面的表情，可以肯定他不是和他们开玩笑。

"可是，先生，这怎么可能呢？"彼得问道。

教授反问一句，"为什么一定不可能呢？"

"因为，"彼得说道，"假如是真的，为什么不是我们每次到橱里都能够发现那个国家呢？有一回，我们到衣橱里看的时候，根本没发现别的什么情况，还是璐茜亲自带领着我们去看的呢，连她自己也没说她看到了别的东西。"

教授说道："这有什么关系呢？"

"有关系的，先生，如果这是真的，那些东西就应该一直都在那里。"

教授问："始终？"彼得不知道如何回答才完全正确。

"但是璐茜躲在衣橱里只有一眨眼工夫，"苏珊说道，"即使橱里有这个地方，她也没有时间去呀。我们刚刚从空房间里出来，她已跟在我们后边溜出来，前后还不及一分钟，她却硬是说已经离开了好几个钟头。"

"正因为这样，她说的故事更是像真实的，"教授说，"如果这间屋子里真的有一个门通向某一个另外的世界（我得提醒你们，这是一栋非常神秘的房屋，即使是我，对它也不是很了解）——就算她真到了另一个世界，我们也不应该感到奇怪，因为那个世界一定有属于它自己的时间概念，所以不论你在那儿逗留多久，也不可能占去我们这个世界的哪怕是一点时间。除此之外我还认为，像她这样年龄的女孩，是不可能自己编造出来这样的故事的。假如她想说谎，她就一定会在里头多藏一段时间，然后再走出来讲她的故事。"

"先生，你的意思是说，"彼得问道，"在这栋房屋里，譬如说，就在附近，到处都会有别的什么世界吗？"

"这是很有可能的，"教授摘下眼镜擦干净，一边又自言自语道，"我真不懂，这群孩子在学校里面，到底学了些什么东西？"

苏珊说："这叫我们该怎么办？"她感到谈衣橱应该到那间空屋里面去吧，等他们走了之后再说，谁也不会跟着我们到那儿去的。"但他们刚进到空屋，就听见走廊里有人正在讲话，接着又听到摸门的声音，看到，门把手已经在转动了。

彼得说道："赶快！没有别的地方可以躲了。"他猛地一下子推开了橱门。四个人缩在黑咕隆咚的衣橱里面，不停地喘着粗气。彼得带上了橱门，但是并没有把它关严，因为：像每个有理智的人一样，他明白，一个人怎么会把自己关在衣橱里呢？

# 第六章　进入森林

"玛卡蕾蒂快一点把这些人带走吧，"不一会儿工夫，苏珊忍不住说道，"我抽起筋来了，真难受啊。"

艾德蒙接着说道："樟脑的气味真是太难闻了！"

"我倒希望这些外衣的口袋里多放几个樟脑丸，"苏珊说道，"这样就不会有蛾子了。"

彼得说："好像有什么东西戳到我背上了。"

苏珊问："你们感觉冷吗？"

彼得说道："你这么一说，我倒是真的冷起来了，真该死，这里还湿乎乎的呢。这到底怎么回事？我坐的地方一下子变得湿漉漉的。"他一下跳了起来。

艾德蒙说道："我们还是回去吧，他们已经走啦。"

"唷！"苏珊忽然尖叫一声。大家都问她这是怎么一回事儿。

苏珊说道："我靠着树坐在这儿，看，那边竟然有亮光了。"

彼得说："啊，真的，哎，瞧那边，到处都是树木。潮乎乎的

是雪。啊，我现在真正的相信我们也到了璐茜到过的树林里了。"

彼得的话一点儿也不错，四个孩子全站在那里。在冬天阳光的照耀之下，他们眨着眼睛。他们后面是挂在钩子上的外套，而在他们前面，是覆盖着雪的树林。

彼得转过身来对璐茜说："我以前不信你说的话，但是现在我向你道歉。对不起，我们握手，好吗？"

"好。"璐茜一边说道，一边和他握手。

"那么，"苏珊说道，"下一步我们该怎么办？"

彼得道："怎么办？还用问吗，当然是到森林里去探险啰。"

苏珊跺着脚道："喔，多冷呀，先拿几件外套穿上，你们说好吗？"

彼得犹豫不决地说："这怎么行呢，衣服并非我们的。"

"我相信谁都不会有什么意见，"苏珊道，"我们又不想将它们带到屋外面去，我们甚至不想把它们带出衣橱。"

"苏①，我倒没有考虑到这一点，"彼得道，"经你这么一说，我看当然是可以的。只要你们在橱里哪儿拿的，还放回什么地方，就不会谁说你们是小偷了。根据我猜测，这整个国家就在这个衣橱里边。"

于是，他们就立刻执行了苏珊的这个合理合情的计划。衣服太大了，他们套在身上，直拖到脚后跟，就像穿着长袍似的。但是他们都感到暖和多了，相互打量，也都觉得这样的打扮显得更好看

---

① 苏：苏珊的爱称。

了，和冰天雪地的风光也更加相配了。

璐茜说道："我们可以打扮成北极探险家。"

"就这样，不需要什么打扮，也够威风了。"彼得一边说道，一边领着大家朝树林前进。头上乌云密布，也许在傍晚前还会下一场大雪。

走了一会儿之后艾德蒙说："喂，如果我们想到灯柱那边去的话，我们应该向左边靠点儿。"

他一时间忘记了，他一定装得他以前一直都没来过这儿。刚说出口，就意识到了自己露了马脚。大家停下来，都盯住他看着。彼得吹了一声口哨。

"原来你到过这儿，"彼得说道，"那次璐茜说在这里碰见你，而你却一口咬定她说谎。"

接着是死一般的寂静。

"唉，真的是各种各样难对付的人都有……"彼得说着时，耸了耸肩膀，就没有再往下说什么。也确实没有别的话可说了。又过了一会儿，四个人继续开始他们的旅程，而艾德蒙心里暗暗想道："总有一天我要惩罚你们一下，你们这几个自命不凡的伪君子。"

苏珊问道："我们到底往哪儿走啊？"她这样问，主要是为了岔开刚刚的话题。

彼得说："我看，应该让璐茜做向导，也只有她配做向导。璐，打算带我们去哪儿？"

"这样好不好？去看望杜穆纳斯先生，"璐茜回答道，"他就是我给你们讲过的那个善良的农牧之神。"

大家都同意这个意见，于是就立刻出发。他们一边轻快地奔跑着，一边跺着脚。

事实证明，璐茜是一个好向导。起初，她还担心自己找不到路，但她在某一个地方认出了一棵长得很古怪的树，后来又认出了一个树桩，最后终于把大家带到一个高低不平的地方，然后进入了那个小山谷，没多久就到达了杜穆纳斯先生的洞口，但他们看到的却是一幅非常可怕的景象。大吃了一惊。

["孩子们，我实际上并不怀疑，如果能有办法的话，你们可以救他的命。"海狸太太说道，"但是，你们如何能强行进入她的住所，还能活着出来呢？"]

门已经被扭脱了下来，断成好几截，洞内又冷又黑，又潮湿，满是发霉的味道，看来，这个地方已经有好些日子没人住了。雪从洞口吹了进来，堆积在门边的地上，里面还夹杂着一团团黑糊糊的东西，仔细一看，是烧剩下来的炭灰和木炭屑。很明显，这是有人把烧着的木柴扔到了洞内，最后又把它们踩灭了。陶罐被打碎在地上，丰讷的父亲的画像被人用刀砍成碎片。

"这地方简直被糟蹋得不成样子，"艾德蒙说道，"到这儿来有啥意思呢？"

"这是什么？"彼得一边蹲下来一边说道。他发现地毯上钉着一张纸。

苏珊问道："上头写些什么？"

"上面似乎有字，"彼得答道，"但在这儿看不清，我们就拿到外头去看吧。"

他们一起跑到了洞外，他们围着彼得只听他念道：

本小屋原主丰讷·杜穆纳斯，因为反对那尼亚女王、凯尔·巴拉维尔城堡女主人、孤岛的女皇杰蒂丝陛下，窝藏奸细，庇护女王陛下的敌人，与人类友好，罪行十分严重，现已被捕，即将被审。女王陛下万岁！

保安局长　封列士·尤尔夫

（签名）

孩子们相互瞪着眼睛。

"我说不上来我到底是否喜欢这里。"苏珊说道。

"女王是谁，璐茜？"彼得问道，"你知道她的情况吗？"

"她哪是什么女王，"璐茜回答道，"她是个恐怖的女巫，就是白女巫。那尼亚里所有的人都憎恨她。她对全国都施行了一种魔法，所以这里一年都是冬天，一直没有圣诞节。"

"我，我怀疑接着走下去是不是有意义，"苏珊说道，"我是说，这里似乎不十分安全，也没多少有趣的地方。天气越来越冷，而我们又没带吃的东西。不如我们现在就回家吧。"

"啊，不能，"璐茜马上说道，"难道你们还不清楚吗？既然已经清楚了，我们就不能这样回家。都是因为我，可怜的丰讷才闯下这样大的祸。全靠他的掩护，我才没有遭到女巫的毒手，是他告诉了我回去的路。这张纸上写着他与人类友好、庇护女王的敌人就是指的这些。我们必须赶紧想办法救他。"

"可是我们连吃的东西都没有，还能做别的事吗？"艾德蒙说。

彼得说道："你，住嘴！"他还在对艾德蒙发火，"那么你的意见，苏珊？"

"璐茜说得没错，"苏珊说，"我一步都不想再走了，唉，如果我们不到这里来，多好啊。但我想，我们一定要替那个先生——他叫做什么名字？我记不清楚了——我是说那个农牧之神，想想办法。"

彼得说："我也是这样想，我在担心我们身上没有带吃的东西，我同意先回去拿点儿食品再过来。但是，我们出去以后，就恐怕不能再来到这个国家来。依我看，我们还得继续前进。"

两个女孩子异口同声地说道："我也是这样想的。"

"要是我们晓得这个可怜的人被囚禁在哪里就好了。"彼得说道。

大家默不作声，都在考虑着下一步该怎么办。忽然，璐茜向大家说："你们看，那里有只知更鸟，它的胸脯多么红啊。它是我在这里看到的第一只小鸟。哎呀，难道那尼亚的鸟儿会说话吗？它好像有话要对我们讲似的。"说着，她就转身向知更鸟说："请问，你晓得杜穆纳斯先生被押送到哪里去了吗？"她说着，朝鸟儿走近了一步。那知更鸟立刻就跳着飞走了，停落在紧紧相邻的一棵树上。它落在那儿，紧紧地注视着他们，好似它完全懂得他们说的话一样。四个孩子几乎把一切都忘了，一齐向它靠近了一两步。看见他们走近了，那只小鸟又飞到了另一棵树上，依然紧盯着他们（你一定没看到过胸脯比它的还要红、眼睛比它还要亮的知更鸟）。

璐茜说道："我说呀，我真的相信它要我们跟随着它走呢。"

苏珊说："我看也是这样子，彼得，你看呢？"

"嗯，咱们大可以试试看。"彼得说。

那知更鸟好似完全懂事一样，它不断地由一棵树飞到另一棵树，而且总是飞落在他们前面仅有几码远的地方，使他们容易跟上它。它就这样带着他们慢慢地走下了山坡。每停一处，那里的树枝上就掉下一阵小雪来。没过多久，头顶上的乌云散了。太阳出来了，茫茫的雪原变得更耀眼晶莹。他们就这样子一直走了大约半个多小时，两个女孩子始终走在前面。这时，艾德蒙向彼得说："如果你们不再这样目中无人高傲自大，我有话要向你们说，你们最好听一听。"

彼得问道："你要说什么？"

艾德蒙说："嘀，小声点，别吓着了女孩子，你意识到了我们是在做什么吗？"

彼得压低了声音问道："什么？"

"我们跟的这个向导，它的情况我们一点儿也不清楚。我们如何知道那鸟站在哪一边呢？难道它就不可能把我们带到危险之处吗？"艾德蒙问。

"这真是一种荒唐的想法。我读过的所有故事中，知更鸟都是善良的小鸟。我敢肯定，知更鸟是不会站在错误的一边的。"彼得说。

"就算是这样，哪一边正确呢？我们又怎么晓得农牧之神是对的，而女王（是的，我知道别人告诉我们她是女巫）是错误的呢？事实上，他们两边的情况我们一点也不知道。"

"丰讷先生救了璐茜的命。"

　　"这是丰讷自己这么说的，我们又从哪里知道呢？另外，有谁知道回去的路？"

　　彼得说道："天哪！这些问题我原来还没有好好考虑过呢！"

　　艾德蒙说道："而且，连饭也吃不上！"

# 第七章　在海狸家里的一天

正在两个男孩在后面低声说话的时候，两个女孩儿突然"啊"地一声停住脚步。"小知更鸟，"璐茜喊，"知更鸟飞走啦！"它是真的飞走了，一点踪影都看不见了。

艾德蒙说："现在我们该怎么办呢？"他瞧了彼得一眼，意思是说，"我刚才是怎样警告你的？我说得对吧！"

苏珊说道："嘘，你们快看！"

彼得问："什么呀？"

["她就希望我们认定她是人类，"海狸先生说道，"她就是以此自封为女王的，但是她根本不是夏娃的女儿，而是你父亲亚当的……"]

"那儿靠左边一点儿，森林中有什么东西正在动。"

他们拼命睁大了眼睛搜索，看的眼睛都感到有些难受。

经过一会儿，苏珊说道："瞧，它又动起来了。"

"这次我也看到了，"彼得说道，"它还在那里，这会儿跑到那一棵大树后面去了。"

璐茜问道："那是什么东西？"她竭力摆出不害怕的样子。

"谁知道那是什么，"彼得说，"它总是躲着我们，就是怕被人看见。"

苏珊说："我们还是回去吧。"这时，虽然谁都没有大声说出来，但大家都突然意识到刚刚艾德蒙低声对彼得讲的困难，他们真的迷路了。

璐茜问："它是什么样子呀？"

苏珊说道："它是，它是一种动物，"过了一会儿，她又喊道，"快来看啊，快！它又出来啦！"

这回他们都看清楚了，是一张毛茸茸的长满了络腮胡子的脸，从一棵树后面探出头来看着他们。但这一次它并没有立即缩回去，而是用它的爪子对着嘴，就好像人们将手指放在嘴唇上面，示意别人下来的样子。之后它又消失了。孩子都屏住了呼吸，站在那儿。

过了一会，这个古怪的动物又从那棵树的后面出来。向四周看了一眼，好像害怕有人会注意似的，朝他们"嘘"了一声，并且打着手势，招呼他们到它停留的那块密林里面去，接着它又消失了。

彼得说："我知道这是什么，是海狸，我已经看见了它的尾巴。"

苏珊说："它要我们去那里，它叫我们都别出声。"

"这个我知道，"彼得说道，"问题是我们是去还是不去？璐，你认为怎么样？"

璐茜说道："我看这只海狸很老实。"

艾德蒙问："真的吗，我们怎样知道呢？"

苏珊道："咱们得冒一次险，我是说，老站在这儿没用，我饿了。"

此时，海狸又忽然从树后探出头，向他们十分诚恳地点头示意。

"来吧，"彼得说道，"让我们试一试。我们都靠紧点儿，假如海狸是敌人，我们就和它干一仗。"

于是，孩子们紧靠在一起，朝向着那棵树走过去，一直走到树后边海狸原先站的地方，但是海狸却从那里又接着朝后退开了。它压低嗓门用一种嘶哑的声调对他们说道："往里，再往里，到我这里来，在外面有危险。"它把他们一直带到一个十分幽暗的地方。那儿有四棵树紧挨在一起，树枝和树枝连成一片，白雪落不到下面来，所以地上可以看见松针和褐色的泥土。他们到了这里以后，海狸才开始同他们说话。

"你们是夏娃的女儿和亚当的儿子吗？"它问道。

彼得答道："是的。"

"嘘——"海狸说道，"声音别太大，即使是在这儿，我们也还是不够安全。"

[他终于来到一个地方，在这里，地面要平坦多了，河床也开阔了。河流的对岸，离他不远，在两山中间的一块小平原上，他看见一座建筑物。他想道，那一定就是白女巫的住处了。]

"你怕谁？哎哟，"彼得说道，"这里除了我们之外，再也没别的人了。"

海狸说道："这里有树，它们老把耳朵竖着。它们之中大多数站在我们这一边，但也有背叛好人倒向她那边的，你们明白我说的是谁吗？"它接连点了好几次头。

"如果说到两边的话，"艾德蒙说道，"我们怎能确定你是朋友而不是敌人？"

彼得解释道："请你不要见怪，海狸先生，你看，我们彼此之间还并不熟悉呢。"

海狸说："对，对，我这儿有一个纪念品，"说着，它就拿出一样白色的小东西。孩子都惊奇地注视着。忽然，璐茜说道："喔，这是我的手帕，我送给可怜的杜穆纳斯先生的。"

"说的对，"海狸说，"我那可怜的伙伴，他在被捕之前听到了风声，就把这条手帕交给我，说假如他有了什么意外，我就必须在这里与你们会面，并带你们到……"说到这里，海狸的声音低沉得听不见了。它非常神秘地朝孩子们点点头，又朝他们做了一下手势，叫他们都尽量靠近它站着，以致孩子们的脸碰到了它的胡子，感觉痒痒的。它低声补充道：

"听说阿斯兰正在活动，或许已经登陆了。"

现在，一种十分奇怪的现象发生了。这些孩子与你一样，一点儿也不知道阿斯兰是谁。但海狸一提到阿斯兰，他们每个身上就有一种不同感觉。也许有时候你在梦中碰到过类似的状况。往往你在白天听到一件新鲜事情，到了梦里面，它的意义就大得特别出奇——若不是导致一场可怕的噩梦，就是美好得没办法用语言表达，使你终生难忘，恨不得能不断地重温这个美梦。现在的情况就像是这样。一听到阿斯兰的名字，孩子们都感觉到心里有一样东西在跳动。艾德蒙感觉有一种莫名其妙的恐怖，彼得突然感到变得无所畏惧了，苏珊感到有一首美妙动听的乐曲和一股芬芳的气息在她身旁徜徉，璐茜呢，感到特别喜悦和兴奋，就像你在某个早上醒来想到夏季或假期就要从今日开始时的心情一样。

"谈谈杜穆纳斯先生的状况吧，"璐茜说道，"他在哪儿？"

海狸说道："嘘——这儿还不是说话的地方，我一定要带你们到一个能够交谈和吃饭的去处。"

现在除了艾德蒙之外，谁也不去怀疑海狸了，每一个人包括艾德蒙在内都很开心听到"吃饭"这个词。所以，他们全都跟在这个新朋友后面急急忙忙地向前走了，海狸的速度快得让人吃惊，领着他们在树林里最浓密的地方行走了一个多小时。正当大家感到饥饿难忍、疲惫不堪的时候，前面的树木却变得稀疏了，地面上的坡度也变陡直了。向下没走几步，他们就走出了森林。头顶上是蔚蓝晴朗的天空，太阳依然照耀着，举目四望，风光如画，冰清玉洁。

他们现在正站在一个又狭又陡的山谷边上，如果不是封冻，谷底准是一条澎湃汹涌的大河。在他们脚下，有一条水坝穿河而立。他们一看到水坝，就猛地想起海狸很会筑坝，而且他们几乎能够肯定，脚下的这座水坝就是这个海狸先生筑的。孩子们也注意到，他的脸上流露出了一种十分谦虚的表情，就好像你去参观别人的一个园地或者阅读人家写的一本书时，所看到的园丁或者作者本人常带有的那种表情一样。苏珊说道："这条水坝筑得真好啊！"海狸先生这次没有讲"别做声"，却连声说道："只不过是小玩意儿！只不过是一个小玩意儿！它还没有全部都完成呢！"当然，海狸这样说只是由于惯常的礼貌。

在大坝的上游一侧，原来是一个很深的水池，而如今一眼看上去却是一片暗绿色的平坦的冰地。大坝的下游一侧要低得多，结的冰更加的多，但不像上游那样平滑，全部冻成了泡沫的形状，显现出波浪起伏的样子。之前，在河流结冰之前，河水过坝以后就是这个样子飞奔而下，溅起无数的浪花。大坝的一侧在原先过水和漫水的地方现在成了一座闪闪发光的冰墙，上面就像是挂满了许多洁白晶莹的鲜花、花冠和花环。在大坝的中央，有一间非常有趣的小屋，样子就像是一个巨大的蜂箱，而屋顶的一个洞中正冒着炊烟。所以你一看见它，特别是在肚子饿得咕咕地叫的时候，你就会立即想到已经有什么东西被煮在锅里了，肚子就会饿得更发慌。

这些是另外三个孩子看到的情景，而艾德蒙却注意到了别的东西。顺着这条河往下不远之处，还有一条小河流，它从另外个小山谷里头流出来和这条河汇合。艾德蒙抬头朝那个山谷里望去，看见了两座小山。他几乎能够肯定，它们就是那天白女巫和他在灯柱那儿分别时指给他看的两座小山。他想道，那两山之间必定就是她的宫殿，距离他大约只有一英里远，甚至还不足一英里。他想起了土耳其软糖，想起了做国王（"我不知道彼得会怎样喜欢这些东西？"他暗暗问自己），一个很可怕的念头在他的头脑里产生了。

海狸说："我们很快就要到家啦，看来我的太太正等着咱们呢。好，我来带路，请大家小心点儿，不要滑倒了。"

坝顶相当宽阔，上面完全可以走路，但是对于人类来说，终究有点不便，因为上边覆盖着冰雪；另外，向下看看，虽然结满了冰的水池是平的，但另一边，落差①还十分大，有点儿怕人。海狸先生带领着他们成单行走到坝的中央。站在这里他们可以看见，沿着那条河向上有一条非常长的路，顺着河流向下也有一条非常长的路。他们一到坝的中央，就到了那间小屋子的门口。

海狸先生说道："我们回来啦，太太，我找到他们了。他们四个就是亚当和夏娃的儿女。"说着，它把他们全让进了屋。

璐茜走进屋里，立刻听到一种"咔嚓""咔嚓"的声音，看到了一个面容慈祥的海狸妈妈，她嘴里咬着一根丝线，坐在角落里，正在忙着踏缝纫机，这种"咔嚓""咔嚓"的声音就是从这架缝纫机上发出来的。孩子们一进屋，海狸妈妈随即就把手里的活儿停下来，起来迎接。

"终于把你们盼回来啦！"她伸出两只布满皱纹的苍老爪子说，"你们终于回来啦！我做梦也没有想到我还能够看到这一天！土豆已煮在锅里，水壶已然响了，哎，海狸先生，替我搞些鲜鱼回来才好哩！"

"行，我这就去。"海狸先生说着，拎了一个桶，走出了屋子。彼得也跟着一起去了。他们越过结满冰的深池子，走到一个地方。这里的冰上有一个小窟窿，这是海狸天天用斧子凿开的。海狸先生静静地往洞边一坐（天这样寒冷，他好像也不在乎），目不转睛地注视洞里的河水。突然，他把爪子伸入水中。说时迟，那时快啊，他一下就逮住了一只漂亮的鳟鱼②。就是这样，他一连逮到了好几

---

① 落差：指水坝上下两侧之间的距离。
② 鳟鱼：背部淡青色略带褐色，全身有黑点，侧线下部银白色。

条好鱼。

在海狸和彼得出来捕鱼的时候，两个女孩子帮海狸太太将水壶灌满，收拾饭桌，切面包，加热菜肴，又从屋角的一个桶中给海狸先生舀出一杯啤酒。最后，她们把煎鱼的锅子放到火炉上，倒进点油烧热。璐茜觉得，海狸夫妇的家虽然一点儿都不像杜穆纳斯先生的窑洞，却也十分小巧舒适。室内没有画，没有书，两个洞穴便是他们的床铺，看上去就像在轮船上的倚壁而设的地铺似的。屋顶的下面挂着火腿和一串串的洋葱，靠墙摆着胶靴、斧子、油布、羊毛剪、铲、泥刀和其他运泥土的工具，还有鱼网、钓鱼竿和鱼篓。桌子上的台布虽然有些粗糙，却很洁净。

[他走进一个幽暗的狭长的大厅，里面有很多柱子，这里也像院子里一样，到处都是石头的雕像，离门最近的是矮小的农牧之神，他的脸上写满了忧伤。他想起来了，这可能就是璐茜的朋友吧。那唯一的光是从一盏灯散发出来的。白女巫坐在灯的后边。]

正当油锅嘶嘶作响的时候，海狸先生和彼得拎着鲜鱼回来了。海狸先生已经在外面把这些鱼用刀剖开洗干净。你们一定能想象到现捕的鲜鱼放在锅中煎的时候会有多美味。肚子饿得咕咕叫的孩子们是多么希望它们早点煮好，在海狸太太说着"我们马上开饭"之前，他们已经是饿得十分厉害了。苏珊把土豆洗净后又把它们放到炉口的空锅里面去烤，璐茜帮助海狸太太把鳟鱼装进盘中。这样，不到几分钟，大家就把椅子摆好，准备吃饭（海狸家里除了放在灶台边供海狸太太休息的特制的摇椅之外，都是三条腿的椅子）。有一罐牛奶专门给孩子喝（海狸先生喝啤酒），桌子中间放着一大块金黄色的奶油，在吃土豆的时候，由各人随意自己取。孩子们都以为——我也同意他们的想法——当你吃到半小时之前还活着，半分钟之前才从里面盛出来的鱼的时候，是没有任何食物能够和它比美的。鱼吃完之后，海狸太太出乎大家意料地从炉子里拿出黏糊糊的热气腾腾的果酱卷儿，与此同时，把水壶移到火炉上。所以孩子们吃了果酱卷以后，茶水就已经准备好了。孩子们喝茶，又把椅子往后移了一下，靠墙站着，心满意足地出了一口气。

海狸先生把空的啤酒杯往旁边一推，将茶杯拿到面前说道："现在，请你们等我抽一袋烟，好吗？不消说，我们现在可以着手做我们的事了。"抬头望了望窗户外继续说道："天又下起雪来啦，这样就更好了，雪一下，就不会有人来找我们了；除此之外，如果有人要跟踪你们的话，也发现不了你们的一切足迹。"

# 第八章　饭后发生的情况

璐茜说道："现在，请你告诉我们，杜穆纳斯先生他到底发生了什么事？"

"啊，真是糟糕，"海狸先生摇头说，"那可真是非常非常糟糕的事情。一点疑问都没有，他是被警察带走的。这是我从一只小鸟那里探听到的，它亲眼看到他被他们带走的。"

璐茜问道："那么他被带到哪里去了呢？"

"嗯，最后看见他们时，他们是往北去的，大家都明白那意味着什么。"

苏珊说："但是我们不明白啊。"

海狸先生十分忧郁地摇摇头说道："恐怕他们将他带到她的房屋去了。"

璐茜喘着气问道："他们要把他怎么样，海狸先生？"

"唉呀，"海狸先生说，"这就很难说了，凡是被抓去的能出来的不多，全都变成了石头雕像啦。听人家说，在她住的院里，厅堂里，楼上都堆满了石头雕像。她将人们……"他顿了一下，接着战栗着说："通通都变成了石头。"

"可是，海狸先生，"璐茜说道，"难道我们就一点办法都没有了吗？我的意思是说我们应该想一切办法来救他。这是多么的可怕啊，而且，如果不是为了我，他就不会遭受这个罪。"

"孩子们，我并不怀疑，假如你们能有办法的话，你们能够救他的命，"海狸太太说，"可是，你们怎么能够强行进入她的住所，还能活着出来呢？"

"我们是否可以用些计谋呢？"彼得说道，"例如，我们打扮成小贩或别的什么人，或注意好，等她不在家时，偷偷潜入她的宫中，又或者……唉，她真是该死。总之，我们得想尽一切办法救他出来。海狸先生，这个农牧之神不顾自己的生命危险挽救了我的妹妹，我们怎么能眼巴巴地不顾他的死活，眼看着他受苦呢？"

海狸先生说道："不行，亚当的儿子，你们再想办法也没用。唉呀，听说阿斯兰回来了……"

"对啦，给我们讲一讲阿斯兰的情况吧！"几个人不约而同地说。说到阿斯兰，有一种神奇的感觉，就好像春天来临的第一个信号，就好像喜讯拨动着他们的心弦。

苏珊问道："阿斯兰是谁呀？"

"阿斯兰？"海狸先生说，"这个你还不知道吗？他是国王，是森林之王，但是他不经常在这儿。不论是在我父亲的一生中，还是在我的这一生中，他都没回来过。但现在有确切的消息，他已经回来了。如今他就在那尼亚。他一定要把白女巫彻底消灭。能救杜穆纳斯先生的人是他，而不是你们。"

"她不会把他也变成石头吗？"艾德蒙说道。

"亚当的儿子，我的小祖宗啊，你问的问题是多么幼稚简单啊！"海狸先生大笑地回答道，"把他变成石头？假如她敢在他的面前站起来，正视看他一眼，她就算有种的了。我能够肯定她不敢这么做。阿斯兰要重整河山，正如一首古老的歌谣中所写的那样：

假如阿斯兰出现在我们面前，

是非颠倒的情况就会改变；

人们只要一听到他的吼声，

悲哀立即就会化为云烟；

阿斯兰一露出他的牙齿，

漫漫严冬就会消失不见；

只要他的鬃毛轻轻地一抖，

我们就会重回春天。

你们看见以后就会明白了。"

苏珊问："我们要去见见他吗？"

"当然，夏娃的女儿，就是为了这个我才把你们带到这儿来的。我要把你们带到与他相会的地方。"海狸先生说。

璐茜问道："他，他是人吗？"

"阿斯兰他是人？"海狸先生严肃地说道，"当然不是了。我已经告诉你们，是海外大帝之子，他是森林之王，你不知道什么是百兽之王吗？阿斯兰是一只狮子，一头雄狮，伟大的百兽之王。"

苏珊说道："哦，哦，哦，我原来还想他是人呢。那他——会伤害人吗？和一头雄狮相会，我会感到十分害怕。"

"你们感到害怕，亲爱的，这一点都不奇怪，"海狸太太说，"如果谁在阿斯兰前面两膝不发抖，他若不是一个不平凡的勇士，就是一个傻瓜。"

璐茜说道："这样说不是太吓人了吗？"

"怕吗？"海狸先生说道，"你没有听到我的太太说的话吗？他当然令人望而生畏，但是他是善良的。他是王，明白了吗？"

"就算我见到他会感觉害怕，我还是渴望见他。"彼得说道。

"亚当的儿子，说得对，"海狸先生用手爪猛地拍了一下桌子，震得满桌的碟子和杯子都叮当响，说："你们应该去见见他，我这儿已经得到口信，约你们与他去相会。如果可能的话，就明天，在石台那儿。"

璐茜问道："石台在哪儿？"

"我会为你们带路的，"海狸先生说道，"它在这条河流的下游，离这里好远呢，我送你们到那里。"

"还要走这么遥远的路，可怜的杜穆纳斯先生不知道会怎么样？"璐茜问道。

"能帮助他的最快的方法就是去与阿斯兰见面，"海狸先生说道，"只要他与我们在一起，我们就一定会有办法，但这并不意味着我们就不需要你们，这儿还有古老的几行诗句：

亚当的亲骨肉一旦登上

凯尔·巴拉维尔的宝座，

罪恶的时代就会一去不复返。

　　所以，既然你们来了，阿斯兰又来了，一切都会结束了。我们很久很久以前——具体什么时间，谁都说不明白——就听说阿斯兰到这边来过，但是这里从来都不曾有过人类的足迹。”

　　"海狸先生，这正是我搞不懂的地方，"彼得问道，"我是说，难道女巫她自己不是人吗？"

　　［艾德蒙轻手轻脚地走到门口，朝院子里一望，瞄见了一样东西。他不觉一怔，心脏几乎就要停止跳动。］

　　海狸先生说道："她就希望我们认定她是人类，她就是凭借这个自封为女王的，但她根本就不是夏娃的女儿，而是你父亲亚当的……"说到这儿，海狸先生鞠了一个躬，说道："第一个老婆李丽丝生的，她是个妖精，因此她身上既有巨人的血缘，又有女巫的血缘。在这个白女巫的身上，没有一滴纯正人类的血液。"

　　海狸太太说："怪不得她是这样的坏，海狸先生。"

　　他答道："太太，对极了，关于人类也许有不同的看法（我不想冒犯跟前的人），但是对看起来像是人类而又不是人类的东西，就不会存在不同看法。"

　　海狸太太说："我认识善良的小妖。"

　　她的丈夫说："我也认识，但是真正善良的极少，他们最不像人。总而言之，你们应该听我的劝告，当你们碰见任何要想变成人而还没有变做的，或过去曾经是人而如今已不是的，或者应该是人而实际上不是人的哪种生灵，你们就一定要提高警惕，随时随地准备好你们的斧头。白女巫非常害怕那尼亚将出现人类，她防备你们已有好几年了。如果让她知道你们四个人都在这里，她就会变得非常狠毒。"

彼得问："这是什么原因？"

"这就要讲到一个古老的预言，"海狸说道，"在凯尔·巴拉维尔，那个城堡在这条河流入海口附近，照理它应该是整个那尼亚的首都，有四个宝座。很长时间以前，谁都记不清是什么年代了，那尼亚有这样的一个传说，一旦夏娃的两个女儿和亚当的两个儿子坐上这四个王位，不但白女巫的统治而且连同她的性命都将一起完蛋。这就是我们刚才在来的路上为什么要如此小心翼翼的原因，因为如果让她知道了，她要害死你们，就好像我抖抖胡子这样容易。"

孩子们一直这样全心贯注地听着海狸先生讲话，他们好长时间都没有注意别的情况。他说到最后，孩子们都寂静无声的时候，突然璐茜说道：

"哎，艾德蒙去哪儿啦？"

先是一阵吓人的沉默，接着大家都问道："谁最后看见他的？他到屋外去了吗？看不见他有多少时候啦？"大家马上冲到门口去看。门外大雪纷飞，水池上头绿色的坚冰已经不见了，而是盖上了一条厚厚雪毯。站在这个小屋的门口，你几乎看不到两边的岸边。他们在屋后屋前四下寻找，两脚深陷在刚落下的柔软的雪中。他们拼命地喊着："艾德蒙！艾德蒙！"嗓子都已经喊哑了。但是，他们的喊声似乎都被寂静的大雪吸收了，甚至连一句回声都听不到。

最后，他们沮丧地回到屋里。苏珊说："太可怕了！啊，假如我们不到这儿来那该有多好啊。"

彼得问："我们到底该怎么办呢，海狸先生？"

海狸先生说："怎么办？"他已经穿上了雪地靴，"怎么办？我们一定得立即出发，一刻都不能停留！"

彼得说："我们最好分为四个搜寻小组，朝各个方向去找，找到他之后立即回到这儿来，而且……"

海狸先生问："分为搜寻小组，干什么去？"

"当然是去找艾德蒙啦！"

海狸先生说："不必去找他了。"

彼得说："你这是什么意思？他还不可能走远。我们一定得把他找回来。这是啥意思？你说不用找他。"

海狸先生说："不必找他的原因是，我们已然知道他去哪儿了！"大家听了，一时都摸不着头脑，都惊讶地睁大了眼睛。

海狸先生接着说："你们难道还不明白吗？他到白女巫那里去了，他已经背叛我们了。"

"哦，我敢肯定，不会的，"苏珊道，"他不会做出这种事来的。"

海狸先生紧盯三个孩子问："他不会？"孩子们的话刚窜到了嘴边都又咽了下去，因为每个人的心里都立刻清醒过来，艾德蒙肯定已经做了那样的事。

彼得问："但他认识路吗？"

海狸先生问："他以前到过这个国家吗？他有没有单独一个人来过？"

璐茜低声说："他来过。"声音低得几乎人们都听不见。

"他有没有和你们讲都做了些什么，遇见了谁？"

彼得说："嗯，没有。"

海狸先生说："那么，就听我说，他见到过白女巫，而且他已经加入她那边了，他清楚她住在哪儿。我起先不高兴讲，是因为他是你们兄弟，但是我一见到你们的这位兄弟，就看出来他不可靠。他脸上有一种古怪的表情，只有吃过女巫东西的、和她在一起的人脸上才会有这种表情。假如你们在那尼亚待的时间长了，可以根据他们的眼神将他们辨别出来。"

彼得几乎用一种哽咽的声音说："不论如何，我们还是必须去找他，他毕竟是我们的兄弟，就算他是个小畜生，他到底还是个小孩子。"

海狸太太问："到女巫住的地方去找他？难道你们还没认识到，救他还有救你们自己的唯一的办法，就是避免与她接触，不让她看到吗？"

璐茜问："这到底是什么意思？"

"哎哟，她心里最想的就是要把你们四个人一网打尽，她一直都在觊觎着凯尔·巴拉维尔的四个宝座。你们四个一到她的房屋里面，她刚好下手。你们还等不及开口，就已成了四个新的石头雕像。但是如果只抓住他一个人，她会让他活着，是因为她要把他作为诱饵，用来引诱你们其余的三个人上钩。"

璐茜大声哭了起来："啊，难道就没人帮助我们了吗？"

海狸先生说："只有阿斯兰，我们一定要去见见他。这是我们目前唯一的办法。"

海狸太太说："亲爱的孩子们，在我看来，要紧的是弄清楚他什么时候溜走的。他能告诉白女巫多少取决于他听到了多少。假如说，在他溜走之前，我们已经谈到阿斯兰了吗？假如还没有，我们就还是可以干得很不错，因为女巫还不知道阿斯兰已经回到了那尼亚，也不知道我们将要去见阿斯兰，那么我们将尽可能地躲开她。"

"我不记得我们谈论阿斯兰时他是否还在这儿……"彼得说，但是璐茜马上打断了他。

她很难过地说："哦，他在，你可记得，就是他要打听女巫能否将阿斯兰也变成石头的呀？"

彼得说："天哪，就是他，他就是愿意问这一类的问题。"

海狸先生说："糟了，糟了，还有一个问题，在我告诉你们在石台见阿斯兰时他还在这里吗？"

没有谁能够回答这个问题。

"因为，假如他那时也在的话，"海狸先生继续说，"女巫知道了这一情况，那么，她就会驾着雪橇直接奔到石台，拦到我们和石台中间，在半路上堵住我们。这样的话，我们和阿斯兰的联系就可能被切断。"

海狸太太说："但是这还不是她第一要干的事，在我看来，她是不会那样干的。如果艾德蒙告诉她我们都在这儿，她今晚就会到这儿来抓我们。假如他是半个小时以前溜走的，那么再过 20 分钟，她就会赶到我们这里来。"

海狸先生说道："你说得对，太太，我们必须立即出发，全部都离开这儿！"

# 第九章　在女巫宫中

现在你肯定想知道艾德蒙出什么事了。他虽然在海狸家里吃了饭，但是他吃得一点也不香，由于他一直想着土耳其软糖，一想到那种可恶的有魔力的软糖，再美味的饭菜到了嘴里也都变得没有一点滋味。他听着海狸的谈话，一点也不感兴趣，是因为他始终认为别人又存心冷淡他，不理睬他。实际上呢，他们根本就没有这样，只是他自己想要这样猜疑罢了。艾德蒙漫不经心地听着，直到海狸先生告诉他们有关阿斯兰的一些情况和在石台会见他的整个计划为止。他蹑手蹑脚侧转身躲到了门帘的后面，一听到阿斯兰，他就有一种奇怪而又恐怖的感觉，就好像彼得他们会有一种神秘而又高兴的感觉一样。

当海狸先生在背诵关于亚当的儿女坐上凯尔·巴拉维尔的四个王位的歌谣时，艾德蒙已经在悄悄地转动门把手了；海狸先生讲到那个白女巫根本不是人类，而一半是女巨人一半是女妖之前，他就已经溜出屋子，小心翼翼地关上了门，跑到外面的雪地中去了。

即使到现在，你也不能认定艾德蒙就那么坏，真心想让他的兄弟姐妹都变成石头。他只是非常想吃土耳其软糖，想当个王子，长大以后再当国王，也因为彼得曾骂他是畜生而想惩罚他。至于白女巫将会怎样去对待他们，他呀，还没有仔细考虑过，他不想要她对他们特别好——绝对不能好得像对待他那个样子——但是他又没法令自己相信，或者装着相信，她不会对他们干出特别坏的事来，由于，他暗自认为："所有那些议论她不好的人都是她的敌人，他们听说的话可能有一半都是假的。她对我非常好，不论如何，总比他们对我要好得多。我真的希望她是一个合法的真正的女王，不管怎样，总比那个可恶的阿斯兰要好多了！"至少，这是他给自己找的一个借口。但是，这不是一个很充分的借口，因为在他的内心深处，确实明白那个白女巫又坏又残忍。

他溜到屋外，屋外面大雪纷飞。他发现自己把外套落在海狸的家里了，但当然现在已经不可能返回去取了。他还发现白天就快要过去了，他们坐下来吃饭的那个时候，就已将近三点钟，更何况冬季的白天又非常短。他虽然没有完全指望靠白天的时间，但是他必须尽量去利用它。他把衣领向上翻起来，一步一步地走过了坝顶（很幸运，下了大雪之后，路上不太滑），来到大河的岸边。

［阿斯兰并没有说些什么，他既没有原谅彼得，也没有责备彼得，而只是站在那里，用他那金色的大眼睛看着大家，似乎都感觉到没有其他的话可以说了。］

这时，气候变得非常恶劣，雪花漫天飞舞，天渐渐黑下来，前面两三步远的地方几乎就看不清了，路也找不着。他一会儿又滑进结冰的水洼，一会儿陷进深深的雪堆，一会儿又从陡峭的河岸滚落到河底，一会儿又被掉下来的树干绊倒，一会儿小腿又被尖石头擦破了皮。到最后他浑身又湿又冷，身上到处都满是伤痕。那种孤独、寂寞和寒冷的氛围实在令人害怕。本来，我还觉得他会放弃原来的计划，回去向彼得等人认错和他们重新和好，谁知道他自言自语道："等我登上那尼亚的宝座以后，我要做的头一件事就是造几条像样的路出来。"想到当国王，还有当上国王以后他会做的事，他马上就又鼓起了勇气。他计划着他将住什么样的宫殿，将建一个什么样的私人电影院，将有几辆小汽车，铁路干线从哪里经过，对水坝将制定出什么样的法律。当他进一步思考着对彼得他们会采取哪些制裁措施，才能令他们心服口服时，天气突然又发生了变化。先是白雪停了下来，然后刮起了一阵风，寒冷得很。最后，乌云散开了，月亮探出脸来。这是一轮满月，月光照耀在雪地上，地面上的一切东西亮得如同白天晴天一样，就是影子比较散乱、模糊。

要不是月亮出来使他找到另外一条河流的话，他还会寻不到路的——你总会记得，在他们来海狸先生太太家的路上，他曾看到了在下游不远的地方就有一条小河流进这条大河。如今，他到这条小河边，就清楚该拐一个弯，再沿河向上走。但这条小河的河岸比他刚刚走过的河岸陡得多，全是石头和灌木丛，所以夜晚走这条路，就真的是寸步难行。他弓着腰，从树枝的下面摸索着向前走，一大团一大团的积雪掉落在他的背上，他累得真是汗流浃背。他变得十分怨恨彼得，好似这一切都是彼得的错误。

他终于来到了一个地方，在这里，地面平坦得多，河床也宽阔了。离他不远，河流对岸，在两山中间的一块平原中间，他看见一个建筑物。他想道，那一定就是白女巫的宫殿了。这时月光更加皎洁了。那房子真的就像是一座小城堡，全是塔式建筑，塔顶又长又尖，就像针一样。看起来，就像男巫或劣等生戴的圆锥形的帽子。在月光下，它们映在雪地上的影子显得十分的奇怪。艾德蒙不禁感觉有点害怕。

但现在想返回去已经太迟了。他只好在冰上走到河对岸，朝向城堡走过去。四处没有一点声音，没有一点动静，就是他踩在刚下的厚厚的积雪上也听不到半点儿的声音。他朝前走啊走啊，从一个角塔走到另一个角塔，从一个墙脚走向另一个墙脚，最后绕到另一边，才找到门。这是一扇巨大的拱门，铁门敞着。

艾德蒙轻手轻脚地走到门口，向院落里一望，瞄见了一样东西。他不觉一愣，心脏几乎就已经停止跳动。就在大门里边，在月光的映照下，蹲着一头大狮子，好像就要向他猛扑过来一样。艾德蒙躲在门的影子里，退又怕，进又怕，两个膝盖直打哆嗦。艾德蒙站在那里，等了很久，上下牙齿即使不是害怕得打战，也会冻得发抖。这种情况持续了多久，我也不知道。但是艾德蒙觉得，他感觉好像一直站了好几个小时。

他终于疑惑起来，究竟为何那头狮子蹲在那里老是一动也不动呢？它没有移动过一点儿，从他看到它以后。艾德蒙壮起胆子，向前走了一步，但他还是尽可能一直隐藏在拱门的阴影里。从狮子蹲着的姿势看的出来，它根本就不是在打量他（"如果它转过头来怎么办？"艾德蒙想着）。实际上，是在盯着另外一样东西，就是那个离它大约有四英尺远，背对着狮子的一个小妖。艾德蒙想："啊，当它扑向小妖时，我就赶快趁机逃跑。"但那狮子依然一动不动地蹲在那儿，那小妖也没有动。终于，艾德蒙突然想到了别人曾说过的白女巫将人类变成石头的事来。也许这只不过是一头石头狮子吧。一想到这里，他发现狮子的头顶上和背上都覆盖着厚厚的积雪。它一定是一座石头雕像！没有一头还活着的动物让自己的身上积满雪。艾德蒙终于鼓起了勇气，慢慢地向狮子走去，他的心怦怦乱跳，好像就要蹦出来似的。即使现在，他也不敢碰它一下。最后，他伸出手，异常迅速地触了它一下。啊，它是一块冰冷的石头，艾德蒙这样害怕的东西原来只是一座石头雕像！

艾德蒙长长地舒了一口气，虽然天气这样的寒冷，他却感到浑身上下暖烘烘的，一直暖到脚。此时，他的脑子里产生了一个非常可笑滑稽的念头。他想，"也许，这就是他们一直在讲的所谓的阿斯兰。她已经把他抓住了，将他变成石头，他们想得倒好！呸，谁还害怕阿斯兰？"

他站在那里，有些幸灾乐祸地看着这头石狮子。接着，他做了一件非常可笑愚蠢、非常幼稚的事情。他从衣服的口袋里摸出一根铅笔，在他的嘴唇上方画上了胡子，在它眼睛上画了一架眼镜。他得意地说："哟，愚蠢的老阿斯兰，你怎么成了一个石头雕像了？你喜欢如此吗？你认为自己非常非常了不起，对不对啊？"巨大的石狮虽然脸上被画成了那样一副模样，但它看起来依然是那样悲伤，那样可怕，那样威武。在月光下，它抬头注视着远方。艾德蒙一点儿也没有从对它的嘲笑里得到什么快乐。他转过身，朝院子里边走去。

他一直来到院落中间，看到四周有几十个石头雕像，那儿一个，这儿一个，就像下棋下到中间，棋盘格子上面散开的棋子一样。有石头的狼、石头的森林之神熊、山猫和狐狸，有站立的玉树临风的石头树仙。在大型的石雕里，还有希腊神话中的半人半马的飞鸟和怪兽，还有一种身躯非常长的软体动物。艾德蒙想这就是龙。它们静静地站立在清冷的月光下，就像真的一样。整个院子就好像陈列着许多怪异而又吓人的手工艺品。院子正中，还立着一个巨人的石像，有树那样高，长着乱蓬蓬的胡子和一副凶恶的面孔，右手拿着一根大棒子。艾德蒙知道这是石头材质的巨人而已，并不是活的，即便是这样，艾德蒙也不敢从它身边经过。

现在他看到从院子前端的一个门里透出来一束微弱的光线。他走过去，一排石头台阶通向一个敞着的门。艾德蒙走上台阶，门坎上蹲着一头十分巨大的狼。

他不断地自言自语道："没关系的，没关系的，这只不过是只石头的狼，它是不会咬人的。"抬起腿来正要从它身上跨过去。那狼忽然跳起来，后背上的毛根根竖立起来，张开了血红色的大口，大声咆哮着说道：

"你是谁？别动！站在那儿，我不认识你，快点儿说，你是谁？"

艾德蒙说："十分抱歉，先生，"他全身发抖，几乎连话都说不出来了，"我叫艾德蒙，亚当的儿子，前几天，女王陛下在森林里碰见了我，我现在来通知她一个消息，我的妹妹、哥哥和姐姐现在已都在那尼亚，离这里很近，就在海狸夫妇的家里。她，她说要见他们一眼。"

狼说："我去启禀陛下，你就乖乖地在门口等着，不然当心你的小命。"说完，它就跑到屋里头去了。

艾德蒙在门口站着，他的手指冻得发痛，他的心在胸膛里怦怦乱跳。没过多久工夫，那只灰狼，也就是白女巫的保安局局长封列士·尤尔夫，跳着回来说道："进来！进来！你真的是女王的宠儿，要不然哪会这样幸运！"

艾德蒙跟了进去，一步一步都小心翼翼的，深怕踩到灰狼的脚爪。

他走进一个幽暗的狭长的大厅，里面有许多根柱子，这里也像在院落里一样，哪里都是石头的雕像。离门最近的一个是矮矮的农牧之神，他的脸上写满了忧伤。艾德蒙记起来了，这可能就是璐茜的朋友吧。那唯一发出的光线是由一盏灯发出来的，白女巫坐在这盏灯的后面。

"女王陛下，我来了。"艾德蒙急匆匆地走上前去说。

"你怎么敢自己前来这里？"女巫问道，声音非常可怕，"我不是叫你带着另外的三个人一起来的吗？"

艾德蒙说："请原谅，陛下，我已尽我最大的努力，我已经把他们带到离这里很近的地方。他们和海狸太太、海狸先生在一起，就在这条河流上游的一个水坝顶上的一栋小屋里。"

女巫脸上缓缓地露出了一缕残忍的笑容。

"这些就是你带来的所有的消息吗？"她问道。

艾德蒙说："不，陛下，"他又上前一步，把他在海狸家里听到的所有信息全告诉了她。

女巫惊叫了一声说："什么？阿斯兰？阿斯兰！这是真的吗？假如我哪天发现你说了谎……"

"我一点儿也没说谎，我只不过是把他们讲的话重复了一遍。"艾德蒙结结巴巴地说道。

可是，女王没有耐心听他继续讲了。她把手用力一拍，立刻就来了一个小妖，它就是艾德蒙上次看见的和女巫在一起的小妖。

女巫下令说道："立即准备好我们的雪橇，但牲口的套子上面不要挂上铃铛。"

# 第十章　咒语开始不灵了

如今我们该回过头来谈谈另外三个孩子和海狸夫妇了。

海狸先生一说刻不容缓，时间紧迫，一点儿都不能等了，三个孩子就急忙穿上外套，准备要出发。海狸太太找出几只背包，把背包放在桌子上说："喂，你把那只火腿取下来吧，海狸先生。这里有包茶，火柴和糖也有了，再请从屋角那儿的陶罐子里拿出两三个大面包来。"

苏珊惊异地问道："你在干啥，海狸太太？"

"我在替大家准备背包，孩子，"海狸太太非常冷静地说，"你们想想看呀，难道我们不带上些食品就能够上路吗？"

"可是我们的时间已经不够了！"苏珊一边扣上外衣的领子，一边说道："她随时可能到这里来的。"

海狸先生插话表示赞成："我也是这样想。"

海狸太太说："我跟你们一起走，海狸先生，再好好想想吧，至少一刻钟内，她不可能到这儿来的。"

"既然我们想要抢在她前面赶到石台那里，"彼得说道，"我们为什么不尽可能早一点儿动身？"

["傻瓜，"白女巫带着狞笑咆哮道："你真的认为，你的主人单靠武力就能够夺取我手中的一切权利吗？比起武力，他更清楚那神秘的魔法。"]

苏珊说："你别忘了，海狸太太，她一到这里，发现我们走了，就一定会以最快的速度追赶我们。"

海狸太太说："她一定会那样，是的，可是不管我们怎样早，我们都不可能在她的前面赶到那里，因为她乘的是雪橇，而我们却步行。"

苏珊问："这样说来，难道我们就毫无希望了吗？"

"我们有一个亲爱的朋友，不用担心，"海狸太太说道，"只需要从抽屉里拿出半打干净的手帕来，我们还有希望。虽然我们不能赶到她以前到达那里，但我们可以隐蔽起来，选择她意想不到的道路离开这儿，也许我们能到达目的地。"

她丈夫说："说得很对，太太，但现在我们必须离开这里啦！"

海狸太太说："你也别着急，先生，瞧，这就好啦！年龄最小的就背最小的包，一共四个背包，喏，这个就给你，孩子。"她边说边朝璐茜看了一眼。

璐茜说："那么就出发吧。"

"行啊，我现在也快准备好了，"海狸太太给予回答道，她让丈夫替她穿上雪靴，"依我看，缝纫机太重了，不好背吧？"

海狸先生说："是呀，实在太重了，你仍然想在赶路的时候用它吗?"

"一想到白女巫要用它,或把它偷走,把它打坏,"海狸太太说,"我就受不了。"

三个孩子说:"喂,你们无论如何要快点儿!"

最终,他们都从屋子里走了出来,海狸先生锁上门。他们出发了,每个人肩上都背着一个背包。

这时,月亮出来了,雪已停了。他们排成单行前进,走在最前面的是海狸先生,接着是璐茜、苏珊和彼得,海狸太太排在最后。海狸先生领着他们走过大坝,来到河的右岸,沿着岸边树林中一条崎岖不平的小路往下游走去。在月光的映照之下,河岸高高耸立在他们头顶上。

海狸先生说:"我们最好能尽可能走下面,她只能走上面,她总不会把雪橇拉到这底下来吧。"

假如是透过窗子坐在安乐椅里望望这四周的风光美景,那一定是美不胜收。就算是像现在这样子赶路,璐茜开始还是兴致勃勃的。但是,她跟着走了一程又一程,走啊,走啊,背上的背包就显得越来越重,她开始怀疑自己能不能坚持下去。她已经无心观赏结了冰的晶莹的河流和那挂着冰的瀑布,无心观赏那又大又圆的明月和数不清的星星,无心观赏积满白雪的树梢。她只看得到海狸先生的两条后腿,在她前面"啪哒""啪哒"地走个不停,就好像永远也不会停下来似的。逐渐地,月亮躲到乌云的后面去了,雪又重新飘了起来。璐茜终于感觉疲倦不堪,她一边走着一边打着瞌睡。忽然,她发觉海狸先生已向右拐离了河岸,正带领着大家沿着陡峭的山坡朝上走进了一丛非常浓密的灌木丛。后来，在她清醒过来的时候，她发现海狸先生消失在岸边的一个小洞里面，这洞隐藏在灌木丛的下面，假如你不走到洞顶上面，你是永远都发现不了的。到她完全清楚是怎么回事时，只有海狸先生扁平的短尾巴还露在外面。

璐茜立即蹲下身子，跟在他后面爬进了洞里面。她又听到别人爬动和喘息的声音。没过多长时间，他们五个人全部都爬进了洞。

彼得问："这是哪儿？"他的声音在黑暗中听起来已是疲惫不堪。

"这是我们危急的时候经常去躲藏的一个老地方了，"海狸先生回答，"这可是必须保密的。这个地方不大，但是我们必须在这儿睡上几个钟头再说。"

"要是我们出发时，大家没这般匆忙，我还会带上几个枕头。"海狸太太说道。

璐茜想，这个洞虽然不像杜穆纳斯先生的窑洞那么舒适，它只是一个地洞，不过倒也干燥。洞十分小，他们一起躺下以后，简直就像是一堆捆在一起的毛皮衣服。经过了长途的跋涉，他们身上暖烘烘的，往下一躺，真是舒服。假如洞底再光滑一点，那就更棒了。海狸太太摸着黑儿，把一个小小的细颈瓶顺次递给大家。每个人从里边喝了点儿。喝过以后，大家又是打喷嚏，又是咳嗽，喉咙痒痒的，但同时又感觉到暖洋洋的，一会儿之后，就全部都呼呼入睡了。

璐茜一觉醒来之后，她以为只是打了个小盹儿（实际上他们已经睡了好几个钟头）。她感觉到有点儿冷，手与脚都不灵便了。她多么想要洗一个热水澡啊。她又迷迷糊糊地感到有一把长胡子触到了她的脸颊，有着寒意的阳光从洞口射了进来。很快地她完全醒了，其他的人也完全清醒了。他们猛地坐起身来，眼睛和嘴巴都张得大大的，仔细倾听着铃铛叮当叮当的响声。他们昨天晚上赶路时一直担心听到的，有时候甚至疑心已经听见的就是这种铃声。

海狸先生一听见这个声音，就像触电般地跳到了洞外。你也许会如璐茜一上来想的那样，觉得他这时候跑出来显得太傻了。实际上，他这种行动是非常自然的，他知道他可以在荆棘和灌木丛中一直爬到河岸顶上面而不被发现，他想打算先观察一下子女巫的雪橇走的是哪一条路线。剩余的人都坐在洞内猜测着，等候着。快到五分钟的时候，外面传来了说话的声响。听见这种声音，他们都害怕坏了。"喔，"璐茜想道，"难道是女巫看见他了？把他给抓住了？"

没过多长时间，他们都十分惊喜地听见海狸先生在洞口呼唤他们的声音。

海狸先生大声喊叫着，"没关系，出来吧，亚当和夏娃的儿女们！出来吧，太太！好得很呀，那不是她！"当然啦，这句话不是很通顺，但海狸激动的时候全都是这么说话的。我的意思是，在那尼亚——在我们的这个世界，海狸们照常情是不会说话的。

听海狸先生这么说，孩子们和海狸太太都匆忙地从洞穴里爬了出来。在阳光的照耀之下，他们都眯缝眼睛，鞋子没有刷，身上也沾满泥土，头发也没有梳理，眼睛里还带着睡意，看起来一副的狼狈相。

海狸先生大声喊着："你们都跟我来！"他几乎高兴得挥舞手脚起来，"你们快来看！这是给女巫的一个沉重打击！看来她的巫术已经开始不灵了。"

他们一起爬上了陡峭的河岸，彼得气喘吁吁地问道："海狸先生，你能说清楚点吗？"

"我不是和你们讲过吗？"海狸先生回答道，"白女巫把这里永远变成了冬季，使这里一直没有圣诞节！嘿，你们来瞧瞧吧！"

然后，他们就全部来到河岸顶上观看。

他们看见了驯鹿，他们看见了雪橇，驯鹿的套具上面都安着铃铛。但这两头驯鹿比女巫的要大多了，它们不是白色的，是棕色的。雪橇上坐着一个人，大家一见到，就认出他到底是谁了。他的身材十分魁梧，穿着一件大红袍子，红得就像冬青果一样，戴着一个皮里的兜帽，雪白色的大胡子飘垂下来，就好像一道白色的瀑布垂挂在他的胸前。虽然你们只有在那尼亚才能看到他这样的人，但是每一个人都认识他，因为在我们的这个世界上，就是说在橱门这一边的世界上，人们经常听见人们对他们的议论，看到他们的画像，但是，当你们在这里亲眼看到他们的时候，状况却又大不相同。在我们这个世界上圣诞老人画像只是使人觉得高兴和有趣罢了。而如今孩子们真站在那里盯着他看时，却发现他并不像画像上的圣诞老人。他是这样的高大，这样的真实，这样的欢乐。他们突然全都愣在那里了。他们感到既庄严又高兴。

他道："我终于跑回来啦，她把我放逐出去很长一段时间，但我终究回来了。因为她已经是明日黄花了，阿斯兰正在活动。白女巫的魔法已经开始失灵了。"

璐茜开心得浑身发抖起来，这种喜悦感觉只有在你感到非常肃穆庄严时才会产生。

圣诞老人说："现在，我给你们分礼物。海狸太太，送给你一架新的缝纫机，要比你原来的还要好。我待一会儿从你家经过的时候，就把它送达你家里。"

海狸太太鞠了一躬说："先生，实在是麻烦你了，门还锁着呢。"

"不管是锁着拴着，我都能给你们送进去，"圣诞老人道，"至于你啊，你回到家时，海狸先生，你会发现你修筑的大坝已经修复好，一切的漏洞都已经被堵上，还安上了一个新的阀门。"

海狸先生感觉十分满足开心。他咧开了嘴，开心得一句话都说不出来了。

圣诞老人说："亚当的儿子，彼得。"

彼得回答："是的，先生。"

圣诞老人说："这些是送给你的礼物，它们是工具并非玩具，或许马上就使得上，请你把它们放好。"说完，他就把一把宝剑和一块盾牌递给彼得。那块盾牌银灰色，上面装饰有一头跳跃着的狮子，周身红得就好像熟透的草莓一样。剑带、剑鞘等配饰都很齐全。剑柄是黄金材质的，剑的重量和大小，正合适彼得来使用。彼得非常郑重、特别严肃地接受了礼物。

圣诞老人说："苏珊，你是夏娃的女儿，这些是给你的。"他递给她一个装满箭的箭袋、一把弓和一只小巧玲珑的象牙做的号角。

"这把弓只有在你迫不得已时才能用，"他说，"我并不是要你到战场上头打架。它多半情况不会失手的。另外一点，不管你在哪里，只要你吹起了这个号角，就会有人来帮你。"

最后，"璐茜，夏娃的女儿。"他喊道。

璐茜走上前去。圣诞老人给了她一个看起来好像是用玻璃做的小瓶（但是后来人们说，它是由宝石做成的）和一把小匕首。

他说："在这个瓶子里，装着一种神奇药水，它是由开在太阳山上的一种焰花的汁液制成的。假如你或者你的哪个战友受伤，只要滴上一滴这一个药水，马上就会痊愈。那匕首是由你在迫不得已之时自卫的，同样不需要你去上战场。"

璐茜说："为什么不允许我上战场，我真不明白，但我认为，打起仗来，我会是十分勇敢的。"

他说："我不是这个意思，形势不是很危险，就用不着女孩上战场。现在呢——"说到这儿，他突然看起来不那么的威严了："这儿还有一件东西给大家。"他掏出一个大托盘（我猜是从他背后的背包里拿出来的，但是谁也没看到他这样做），里头放了一碗块糖，五套杯碟，一罐奶油，一把滚烫的咝咝作响的大茶壶。接着他高声欢呼道："真正的国王万岁！圣诞快乐！"说完之后，他"啪"的挥舞起鞭子，在大家还没来的及搞清楚到底是怎么一回事时，他、雪橇和驯鹿就全都不见了。

彼得刚把剑从剑鞘中拔出来给海狸先生看，海狸太太说：

"喂，喂，不要总是站在那儿讲话，茶马上就要凉啦。大家一齐动手，把茶盘放到下面去，我们来吃早饭。哎，如果把切面包片的刀带来，那就更好了！"

　　于是，他们沿着陡峭的河岸走回洞穴。海狸先生切了一些火腿和面包片，做好三明治；海狸太太倒出茶，大家开始吃早饭。但是，他们没有吃上几口，海狸先生就说道："现在我们还是应该继续行进。"

# 第十一章　阿斯兰靠得更近了

这个时候对艾德蒙来说，却是最倒霉的时候。当这个小妖准备雪橇时，他很希望女巫会如上次他们第一次相遇时那样热情好客地接待他。然而女巫却一句话也不说。终于艾德蒙壮着胆子说："陛下，对不起，我可以再吃些土耳其软糖吗？您，您以前说过……"女巫这时恶狠狠地回答道："别废话，傻瓜！"过一会儿，她貌似又改变了主意，自言自语地说："可不能给这个小崽子昏在路上。"于是乎，她又拍了一巴掌，马上就来了另一个小妖。

她说道："给这个小崽子拿点吃喝的东西来。"

小妖立刻离开了。过了一会儿，一个小妖带着一个铁盘和铁碗回来了，碗里装着一些水，盘子里放着一大块硬面包。他奸笑着把这些食物放在艾德蒙身旁的地面上，说：

"哈！哈！哈！土耳其软糖是给我们的王子吃的。"

"统统都拿走！"艾德蒙生气地说道，"我不吃硬面包。"

白女巫突然转过脸来盯住他看，她脸上的表情是那样的可怕恐怖。

艾德蒙害怕得连声道歉。虽然面包不新鲜，难以下咽，他也只好硬着头皮啃起来。

"下次你能再吃到这种面包就算不错了。"白女巫说。

他还没有把硬面包吃完，一个小妖跑回来报告道，雪橇已准备好了。女巫站起身来，一边向外走，一边命令艾德蒙跟着她一起出发。才走到院落里，雪又下起来了。但她一点儿也不在意，命令艾德蒙踏上雪橇，坐在她的身旁。在他们开始出发前，她把封列士·尤尔夫叫来，他就像一条超级大的狗，一跳一蹦地来到雪橇边上。

"你带着几匹跑得最迅速的狼，立即出发到海狸夫妇家里去，"女巫命令道，"你抓到一个，就宰掉一个。如果他们跑了，就以最快的速度赶到石台那儿，但不要被人发现。然后，你就躲在那里等我。我要向西走好几英里，才可以找到能渡河的地方。你也许能在这些人到了石台前就追上他们。你发现他们之后，一定会清楚如何处置他们。"

"是，遵命，陛下。"那狼大吼着说，刚说毕他就像飞驰的骏马消失在白茫茫的雪夜中。没多长时间，他带来了另外一只狼，和他一起，跑上大坝，找到了海狸夫妇的家。他们东嗅西嗅，但是一个人也没有找到。如果那天夜里是一个好天气，那孩子们和海狸夫妇可就糟了，因为狼们会找到他们的足迹，很有可能在他们躲到土洞前就赶上他们。但现在下着大雪，气味也闻不到了，连脚印全被遮盖了。

小妖鞭打着驯鹿，与此同时，白女巫和艾德蒙驰出了拱门，很快就在冰冷的夜色里消失了。这对没有外套穿的艾德蒙来说，的确是一次恐怖的旅程。

走了还不到一刻钟的时候，艾德蒙的前襟上就落满了雪，刚开始，他还不停地将上面的积雪抖落掉，后来他干脆不去抖了，因为刚抖掉，刚下的雪又很快积聚上来，他累得筋疲力尽。不久时间，他里里外外都湿了。啊，他是多么的可怜啊！从现在看来，白女巫并不打算让他当这个国王！以前他总是尽量令自己相信，女巫是仁慈的、善良的，她那一边是正确的，但是现在看来，他这个想法是多么错误啊！现在，宁愿放弃一切，去看看璐茜他们，就算是彼得，他也乐意。现在能够安慰自己的唯一方法，就是使自己尽量相信过去的一切只是一场幻梦，他也许能随时醒过来。他们一个钟头又一个钟头地继续朝前驰走着，真的就像一场迷迷糊糊的梦。

这种梦境持续了很长很长的时间，我即便写了一页又一页，也不能将它全都描绘清楚。我只能一笔带过，从第二早开始继续向下叙述。现在，大雪已停了，他们继续向前赶着路，除雪橇下面溅起的沙沙声和驯鹿套具发出的叽叽嘎嘎的声响以外，其他一点儿声音都没有。忽然，"那儿是些什么东西？停止！"女巫喊了声，它们就停下来了。

艾德蒙多么希望白女巫能提起吃早饭的事啊！但是女巫停下来完全是出于别的原因。在离他们不远的一株树底下，坐着快乐的一群：一个松鼠和他的妻子儿女；两个森林之神；一只年老的河狸，一个小妖，他们正围坐在桌子旁，共进早餐。他们吃的是什么食物，艾德蒙看不太清楚，但味道很香，还好像用冬青装饰。他想，他们一定是在吃李子布丁①。雪橇停住时，河狸——很明显他是其中年纪最大的——刚站起身来，右爪举着杯子，正准备说话。可是当他们看到停下来的雪橇，看见坐在雪橇上的白女巫时，他们脸上快乐的神情顿时就消失了。松鼠爸爸正将餐叉举在嘴边上，东西也不吃了。森林之神将餐叉放入嘴中，也不吃了。小松鼠们害怕得叽哩叽哩直叫唤。

女巫问："这是在搞什么鬼？"

谁都不敢回答。

她又说道："快说，这些坏东西！你们是吃敬酒还是要吃罚酒？要不要让我的小妖们把你们的嘴撬开？你们这样铺张浪费、大吃大喝、放荡享乐，究竟是什么意思？那些东西是从哪儿弄来的？"

"陛下，请恕罪，"河狸说道，"这些东西是别人送我们的。假如我能够冒昧地为陛下的健康干一次杯的话……"

白女巫打断了他的话问道："谁送给你们那些东西？"

狗狸期期艾艾地说："圣诞老……老……老人。"

白女巫吼叫着说："什么？"她从雪橇上面跳下来，向着那些胆战心惊的动物走近了几步，"他不在这里！他不可能到这里来！你们竟然如此大胆。不允许你们这样放肆。只要你们承认你们是说谎，现在你们还能够得到宽恕。"

此时，一只小松鼠再也控制不了自己，用小汤匙敲打着桌子，

---

① 布丁：一种用餐后的点心。

"他来过了，他来过了。"尖声叫着说。

［希望读本书的读者没有谁像璐茜和苏珊那晚这么悲伤。但是如果你也这么悲伤的话——如果你也整夜地睡不着，直哭到你眼中没有眼泪为止——你就知道最后所有事物都平静下来了。］

艾德蒙看到白女巫咬着嘴唇，有一滴鲜血从她那白色的脸颊上渗出来。然后她又举起魔杖。

"啊，不要这样，不要这样，求你别这样。"艾德蒙高声喊着。但即便他叫个不停，白女巫还是挥起魔杖。顿时，刚才快乐的一群都变成一堆石头雕像（一座石头雕像嘴边还握着石头的餐叉）——它们围着石头桌子坐着，桌子上面放着石头的李子布丁和石头的盘子。

女巫重新坐上雪橇后说："至于你嘛，"狠狠地朝艾德蒙的脸上捶了一拳，一下把他打昏了倒下，"让这拳来教训教训你，让你尝尝做叛徒和间谍的滋味吧。继续上路！"

这是艾德蒙在这里第一次为别人觉得难过。他一想到这些石像默默坐在那儿，日复一日，年复一年，直至身上长满了苔藓，脸蛋裂成碎片还是坐在那儿，真是可怜！

此时他们又接着前进了。艾德蒙很快就注意到，现在溅到他们身上的雪比昨天夜里湿得多。此时他也感到远远不及夜里那么冷了，天空变得雾蒙蒙的。实际上，雾越来越重，天气越来越暖和。雪橇的前进速度也没有原来那样快了。一开始他还想着应该是驯鹿疲劳了，但是他马上就发现，这并不是真正的原因。雪橇摇摇晃晃地行进，打着滑，起伏得十分厉害，就像总是卡在石头上似的。不

论小妖怎样鞭打那可悲的驯鹿，雪橇还是走得越来越慢。在他们的
周围似乎有一种十分奇怪的声音，但小妖对驯鹿的吆喝声和雪橇发
出的颠簸声，响亮得令艾德蒙听不到周围的声音。忽然，雪橇终于
被卡住了，卡得死死的，一点儿都走不动了。这时产生了片刻的安
静，这一瞬间，他终于听清了那种声音。是一种甜蜜的、新奇的声
音，好像是啾啾的鸟鸣声，好像是风吹树叶发出的沙沙声。这种声
音对艾德蒙来讲并不是非常陌生，因为他之前在什么地方曾听见过
这种声音，只不过现在一时间回忆不起来，他是多么希望能够回忆
起来啊！忽然，他一下子明白过来，原来这是河水流动的声音！在
他们的四周，尽管他看不到溪流和大川，但他却能听到哗哗、汩
汩、淙淙、潺潺的流水声。甚至还能听到远方河水在不停汹涌奔
腾。当他意识到寒冬就要停止时，他的心脏怦怦跳了起来（虽然他
似乎不知道为什么心会跳得这么厉害）。在靠近身旁的树枝上会听
见一阵淅淅沥沥的声音。他集中精神，看见大团的积雪在树上滚
落了下来。从他来到那尼亚以后，他第一次看到枞树长出了深绿
色的枝叶。但是他不能再接着听下去和看下去了，由于女巫在
叫喊：

　　"别坐在那儿东张西望，笨蛋！下去帮个忙。"

　　艾德蒙当然只能服从。他从雪橇上跳下来，走到雪地里——但
是现在，雪已融化了——帮助小妖从泥潭里拽雪橇。最后他们把它
拉上来了。小妖凶狠地鞭打着驯鹿，非常不容易地驾起雪橇又向前
走了一阵。现在，积雪全部融化了，一块块绿色的草地从四周跃入
眼帘。假如你没有像艾德蒙那样见到过这样茫茫的白雪世界，就不

可能想象，经过了悠长的寒冬以后，这些浅绿色的地块给人们的是一种什么样的安慰啊！不久，雪橇又停下来了。

小妖说："不行啦！陛下，雪融化了，我们就不能够坐着雪橇行进了。"

女巫说："那我们就要步行。"

"假如步行，我们就永远都赶不上他们啦，"小妖号叫着说道，"他们是在我们前面动身的。"

白女巫说："你是我的顾问还是我的奴隶？照我的吩咐去做，用绳子把这个小兔崽子的手反绑起来，你抓紧绳子这一端，用鞭子赶着他跑。给驯鹿解下了套具，它们自己认识回家的路。"

小妖完全照做了。一会儿之后，艾德蒙就被反绑着双手朝前匆匆地赶着走。他一次次地滑进烂泥、雪水和黑草中。他只要滑倒一次，小妖就大骂一次，有时候甚至还要抽上一鞭子。白女巫跟在小妖后面走，不停念叨着："快一点儿！快一点儿！"

现在，绿色的大地变得越发的大，白雪的大地变得越来越小，而且越来越多的树木脱下了它们的雪衣。过了不多一会儿，无论朝哪个方向望过去，你看到的已经不再是白茫茫一片，而是深绿色的枞树，或光秃秃的山毛榉、橡树和榆树的有刺的黑色的枝条了。大雾由乳白色变成橘黄色，很快又全消散了，一束束美丽的阳光照耀在林中空地上，举头仰望，穿过树顶端的间隙，你能够看到宝蓝的天空。

过了一会，又发生了更加奇妙的事物。艾德蒙转一个弯，忽然来到一小块空地，四周全是银灰色的松树林，地上到处开放着一种小黄花，这就是白屈菜①。流动的声音更加地响了，他们果然走到了一支溪流边。趟过了小溪，他们看见对岸长出了一棵棵雪莲②。

"不要管那些闲事！"看到艾德蒙扭头看雪莲，那小妖一边说，一边狠狠地用劲拽了一下绳子。

这个当然阻碍不了艾德蒙去观察周围的一切事物，他仅仅走了五分钟，就看到一棵老树根的周围长着 10 多株番红花③，开的花有淡紫色的，金色的，还有白色的。之后又传来了一阵比流水声更加动听的声音。紧挨着他们走的路边，一只鸟儿忽然在一棵桦树的树枝上啾啾地鸣叫，在稍远一点儿的地方，另外一只鸟儿也跟着鸣叫。这好像是一类信号，立刻，周围各处都响起了鸟儿们啾啾唧唧的叫声。然后，所有的鸟儿都鸣叫起来。不到五分钟的时间里，整座森林都响彻鸟儿的歌声。无论艾德蒙的目光转向哪里，哪里就能看到小鸟。它们有的在头顶上盘旋，有的停栖在树枝上，有的相互追逐嬉闹。

女巫说："快一点儿！快一点儿！"

雾已完全消散了，天变得越来越蔚蓝，不时有云朵飘过。在宽阔的林中的空地里，开满了报春花。微风轻轻吹拂着，露珠从晃动着的树枝上被风吹落下来，一股芬芳的、凉爽的气息迎面吹来，森林已完全苏醒了。桦树和落叶松披上了绿装，金链花④开成金黄色

---

　　① 白屈菜：一种野生小草，在暮冬和早春开黄花。
　　② 雪莲：草本植物，叶子椭圆形，花深红色，花瓣薄而狭长，生长在高山上，花有药用价值。
　　③ 番红花：从球茎长出的小植物，初春时开花，花色不一。
　　④ 金链花：一种豌豆科有毒灌木，开淡黄色花。

的一片，连山毛榉也长出了透明的柔嫩的叶子。就在艾德蒙他们在树下面赶路时，阳光都被树木的枝叶映绿了。一只蜜蜂在他们走过的路上嗡嗡叫地飞过。

小妖忽然停下来说："这不仅仅是解冻，春天已然到了。我们应该怎么办？你的冬天已经被击溃了，知道吗？这都是阿斯兰做的。"

白女巫说："你们谁再敢和我提起他的名字，我就宰了他！"

# 第十二章　彼得的第一仗

当白女巫和小妖谈到这些时，在几英里外正在忙着赶路的孩子们和海狸好像走进了一个美丽的幻境。他们早把外套脱下来，撩在背上，一路走着一路指指点点地说："看，这是只翠鸟①！…哦，这是蓝铃花②啊！""什么东西的味道这么香啊？""听啊，那只画眉唱得多么甜美！"但是现在，连这些话都顾不得说了，只顾默默往前赶路。他们穿过一片片温暖的阳光照耀的林中空地，进入绿色的、凉爽的灌木林，又来到一块长满了苔藓的空地。那里，高大的榆树枝繁叶茂，树荫一直伸展到很远的地方。最后，他们走进了开满了红醋栗花的稠密的大块的空地和种满野山楂的灌木林，那儿到处散发着一种甜甜的气息。

当看到冬季正在消逝，整个森林在几个钟头内就从一月蹦到五月时，他们也和艾德蒙一样觉得惊讶。甚至和白女巫同样，还不明

---

① 翠鸟：一种羽毛颜色十分鲜艳的小鸟。
② 蓝铃花：生长在潮湿地带的一种野花，春季开花，花色或蓝或白。

白这是阿斯兰回到那尼亚带来的后果。但是他们都知道，是她的魔法造成了没有穷尽的冬天。因此，当不可思议的春天重新回到大地之时，他们都知道，这一定是白女巫的魔法出了问题，并且是出了十分严重的问题。积雪再融化一段时间，他们知道白女巫就不能再驾着雪橇了。他们就不需要像起初那样匆忙地赶路，而可以稍微休息了。当然，他们现在已十分疲劳，但还没到无法坚持的地步，他们不过是走不快，觉得迷迷糊糊的，就好像人们在外头旅行了一天过后的那种样子。苏珊一只脚后跟上长起了个小水泡。

他们早已经离开大河的河道，是因为要到石台那个地方，就一定得朝偏右一点，即朝南一点。即使不是这样，在积雪融化之后，他们也不能紧贴河道走了，因为所有的积雪一旦融化。大河很快就会泛滥了起来，变得奔腾咆哮，气势汹涌，大浪滔天，他们之前的道路就会淹没于水中。

现在，夕阳已经西沉，落日的余晖变得更加通红，树木的黑影变得更长了，开着的花朵也要闭合了。

海狸一边说："马上就要到石台那里了。"一边带着他们往山上攀登。他们在厚厚的富有弹力的苔藓上走过（疲劳的双脚踩在上面十分舒服）。这里的山坡上只生长高大的树木，彼此距离很远。经过一天跋涉之后再来攀登这山，他们都累得直喘粗气。当璐茜正担心如果不好好休息她会爬不到顶时，他们却已经爬到了山顶。

他们站在一片绿茵茵的空地上面，向下望过去，森林一望无际，只有正前方，遥远的东方，能看到波光闪烁。彼得小声对苏珊说："啊，那就是大海呀！"在这个山顶的正中央就是石台。这是一个样子可怕狰狞的白色大石板，由四根直立的石柱支撑着。它看起来十分古老，上面画满了古怪的图案和线条，可能是人们还不晓得的一种文字。你刚看到它们，就能产生一种十分神奇的感觉。他们看见的第二件东西是搭在空地一旁的一个大帐篷，是一座十分华美的大帐篷。那猩红色的网绳，那黄丝绸似的边围，象牙做的帐钩，在夕阳照耀下，显得格外华丽。帐篷上面的旗杆上高高飘着一面旗，旗帜上面绣着一头红色纹章的狮子。微风从遥远的海面上迎面吹来。正在他们注视着这一切的时候，他们听见从右边传来一阵音乐声。转过头去，他们一眼看到了期盼一见的阿斯兰。

阿斯兰正立在一群动物之间，这些动物排成半月形围在他周围，那音乐声是从水仙和树仙的琴弦上面弹奏出来的。在这群动物中间，有四个半马半人的怪物，这种怪物一部分像英国的农场里的那种高头大马，另一部分又像威严却又美丽的巨人。他们中间还有一头牛身人面兽，一头独角兽，一只鹰，一只塘鹅和一只大狗。紧挨阿斯兰身边立着两只狗，一只拿着他的王冠，而另一只拿着他的旗子。

海狸夫妇与孩子们看到了阿斯兰之后，都不知道该说什么和做什么才好。没来过那尼亚的人有时会觉得，一个事物不可能不仅是善良的，而且是恐怖的。假如孩子们以前曾经这样想，那么此时他们的这个想法应该得到纠正。他们一眼瞄见了他那满脸金棕色的鬣毛和那双逼人而又威严的大眼睛，害怕得都不敢抬头看他，还是战战兢兢地走开了。

海狸先生低声说："上前去。"

彼得沉声说："不，你先上前。"

"不，你是亚当的儿子应该在动物前面。"海狸先生又一次低声答了一句。

彼得低声说："苏珊，还是你先上前吧，不都说小姐先请吗？"

苏珊低声说："不，你是长兄，所以你应该先上前。"

当然啰，他们如此推让的时间越是漫长，他们就越觉得尴尬。最后彼得终于意识到了这是他的责任。他拔出了剑，举起来，行了一个礼，匆匆忙忙对其他的人说道："大家振作精神，一起跟着我来！"于是他走上前去，走到阿斯兰的旁边说：

"阿斯兰！我们来了。"

阿斯兰说："彼得，亚当的儿子！欢迎你，欢迎你们，夏娃的女儿，苏珊和璐茜，海狸夫妇，欢迎你们。"

他的声音浑厚而又深沉。不知为什么，孩子们彷徨不安的情绪顿时就消失了。他们现在感到很镇静，很高兴。他们站在那儿，虽然没说什么话，但是并不感觉有什么不自在之处。

阿斯兰问："可是第四个小男孩在哪里？"

海狸先生说："哦，阿斯兰，他已经背叛了他们，加入到白女巫那儿一边去了。"

彼得认为这事与他也有关系，"阿斯兰，"于是就马上接下来说，"他的逃跑和我也有关系，他生了我的气，我认为，这令他走上了不归路。"

阿斯兰并没有说什么，他既没原谅彼得，亦没有责备彼得，只是立在那里，用他金黄色的大眼睛瞅着他，人们似乎全感到没别的话可以说了。

"阿斯兰，请问，"璐茜说道，"有什么办法能救出艾德蒙呢?"

阿斯兰说:"应该想所有办法去救他，但实际情况可能比你们想象的还要困难得多。"接着他又沉默了一段时间，璐茜一直觉得他的脸色看上去非常安详、有力和威严，现在她又突然感觉他看起来十分悲伤。但转眼的时间，他这种悲伤表情就全都消失了。阿斯兰拍打着爪子，抖动着鬃毛（璐茜想道，"多么恐怕的爪子啊，要是他不将他的脚爪变得天鹅绒一般柔软的话，那会更加可怕。"）说:

"马上准备宴会，女士们，将这两位夏娃的女儿领到大帐篷里头去，好好地款待她们。"

女孩子离开以后，阿斯兰把他的脚爪——虽像天鹅绒一样柔软，但十分沉重——放在彼得的肩上说道:"来，亚当的儿子，我将远方的城堡指引给你看，你将会在那里登上那尼亚国王的宝座。"

彼得手中还握着那已经出鞘的宝剑，和阿斯兰一起走到山顶的东侧。一种绚丽的景象映入了他们的眼帘。夕阳从他们的背后慢慢落下，他们脚下踩着的整个世界，山冈啦，森林啦，河谷啦，全部都沐浴着夕阳的余晖。在那条大河的下游部分，向远方蜿蜒而去，宛如一条银蛇。几英里路之外，就是大海，那大海的尽头是天空，天上全是云彩，在夕阳的普照下，云彩全都染成了粉红色。其实那尼亚的土地和大海相连接的地方，事实上就是那一条大河的入海口，在一座小山上面有一样东西闪闪发光，原来这其实是一座城堡，所有的窗户都朝着彼得和夕阳，夕阳的余晖照在窗子上面反射回来，就发出了闪闪的光亮。但彼得觉得，它看起来就像停在海岸边的一颗巨大星星。

阿斯兰说："喂，注意，那里就是有四个宝座的凯尔·巴拉维尔城堡，你将要坐上其中的一个宝座当国王。现在我就把它指给你看，由于你是长子，你将会成为统治一切人的尊贵的国王。"

彼得再一次没有开口。此时，一种古怪的声音突然打破了沉寂，像是军号声，但是比军号声还要洪亮。

阿斯兰沉声对彼得说，"这是璐茜的号角声。"声音低得就像是咕噜咕噜的猫叫声一样。我这样说并非对阿斯兰有何不敬。

彼得一下子没有听明白。后来，他看到其他的动物都往前冲去，阿斯兰却挥动着他的一个脚掌说道："你们都回来吧，让这个王子去显一显身手！"彼得这才清醒过来，于是乎，他拼命跑到帐篷那边，一个可怕的场面呈现在他的面前。

树仙和水仙们朝四面八方散开，璐茜飞快地脚不点地地向他奔过来，脸色就像纸一样白。然后，他看见苏珊向一棵树直接奔过去，抓住一个树枝，向上荡起身，一只灰色的巨大的野兽紧紧跟在她的后面。起初，彼得本以为这是一头熊，但是他马上发现它看起来就像只大狼狗，但比狗要大得多。最后他才看明白，这是一只狼。它立起了后腿，用两只前爪放在树干上，拼命狂吠着，咬着，背上的毛根根直竖起来。而苏珊没能够荡到第二个树枝上面。她的一只脚垂下来，一只脚离咬得嘎嘎直响的狼牙只有一两英寸远。起初，彼得弄不明白为什么她不能再荡得高点儿，至少她总应该抓紧点儿。之后他才意识到了她眼看就快要昏倒了。如果她昏倒，她立刻就会从树上面摔下来。

彼得并不认为自己有多么的勇敢，实际上他也将要晕倒了，但是这并不影响他实施行动。他朝那头凶猛的狼直奔过去，瞄准它的腹部狠狠一砍。可是这一剑并没击中，那狼像触电似的迅速地转过身来，眼里露出凶光，它张大了嘴，恼怒地咆哮着。假如它不是愤怒得直嚎，就可能一次咬断他的脖子——对彼得来说，说这一切发生得这样快，他根本就来不及思考——他握住剑，用尽全力，从狼两只前腿间扎下，朝它的心脏直接刺进去。接着是可怕又混乱的时刻，就像噩梦中的情形一样，他不断拉呀，拖呀。那只狼看起来既不像活又不像死，它露出的牙齿都触碰到了他的额头，每件东西上面全沾满了毛和血，冒着蒸气。过了一会，那一头猛兽就躺在那里死掉了。他把剑从狼的身上拔出来，挺直了腰，擦去了额上和脸上的汗水，觉得浑身都快要瘫软了。

一会儿过后，苏珊从树上爬下来。当她和彼得对视的时候，两个人都觉得浑身晃晃悠悠的。我不愿说他们双方既没有哭泣，也没有接吻。但在那尼亚这里，谁也不觉得这样做有何不好。

阿斯兰大声喊着："快！快！鹰！马面人！我看见还有一只狼就躲在灌木丛里面，就在你们身后。它刚刚溜走，你们都去追，快追！它要去寻找它的女主人。如今该由你们去找白女巫，救出第四个孩子了。"随着一阵像雷鸣一样的蹄声和翅膀的拍击声，十几个奔跑得最快的动物马上就消逝在浓重的夜幕里。

彼得仍在喘着气，他转过身子来，看见阿斯兰紧靠在他身旁边。

阿斯兰说："你忘了将你的剑擦干净。"

　　果然如此，彼得看了一眼那雪亮的剑刃，剑上面沾满了那恶狼的血和毛，他的脸刷地一下红了。他蹲了下来，在草上先把剑擦净，之后又拿自己的衣服把它擦干。

　　阿斯兰说："把它交给我呀，亚当的儿子，跪下。"彼得按他说的做了。阿斯兰拿剑的侧面碰了碰彼得说："起来吧，贝恩爵士——彼得·封列士，从今以后不论发生什么情况，你一定不要忘记把你的剑拭干净。"

# 第十三章　黎明时的神秘魔法

　　现在我们再回过头来谈一谈艾德蒙的状况。他被迫行走了很远很远的路途，他走的路比每一个人走的路途都要远。最后，白女巫停在一个充满紫杉树和枞树影的幽暗的山谷里面。艾德蒙简直就要晕倒了。他趴在地上，一动都不想动，甚至等会要发生什么事情，他也根本不理睬，只要他们允许他静静躺一会儿就行。他实在太累了，连他自己怎样的口渴和饥饿都察觉不到。白女巫和小妖累得靠在他身边低声说话。

　　小妖说道："女王陛下，现已没用了，他们如今一定已到达了石台。"

　　女巫说："也许狼能够找到我们，给我们捎过来一些消息。"

　　"即便他能够回来也不会给我们带回来好消息。"小妖说。

　　女巫说："凯尔·巴拉维尔城堡的四个王位，假如只有三个被人占了，那结果会怎么样呢？这个预言还是不能实现。"

　　小妖说："既然他已经到了这里，那又有何区别呢？"即使是现在他还是不敢向他的女主人提到阿斯兰的名字。

"他或许呆不了很久，到那候我们再到凯尔城堡去袭击那三个人。"

小妖踢了一踢艾德蒙说道："但把这个留下来，与他们砍价，也许会更好些。"

女巫十分轻蔑地说："哼，让他们来拯救他吧。"

小妖说："那么，我们要做什么，最好此时就干。"

女巫说道："我想到石台那儿去干，那是一个适合的场所，之前总是在那里干的。"

小妖说："要想在石台上面战，在短时间之内是不可能的。"

女巫说："是呀，"暂停了一会儿，她又说道，"嗯，我马上下手。"

此时，一只狼咆哮着朝他们这边径直冲过来。

"我已经看见他们了。大家都在石台边上，和他在一起。他们杀掉了我们的保安局局长封列士·尤尔夫。我藏在灌木丛里面，整个过程我都看见了，是亚当的儿子将他杀死的。快逃命吧！快逃命吧！"

白女巫说："不，我们没有必要逃跑，你赶快去召集咱们的人，让他们赶快来找我，越快越好。把狼人、巨人和站在我们这一边的树怪找过来；把所有的犹疑鬼、食尸鬼、牛面兽和吃人巨妖找过来；把所有的女妖、凶神、毒菌怪和恶鬼找过来。我们必须要战斗。什么？我不是还有我的魔杖吗？就算他们的队伍冲上来了，他们不是还是要变成一块石头吗？大家赶紧出发，你们走了之后，我还有一件小事儿要完成。"

那狼低下头，转身奔驰而去。

她说："唉！现在我们没桌子了，让我想想。我们最好将他绑在一棵树上面。"

艾德蒙不得不弯下腰来，头一直挨到脚。之后那小妖将他背朝树结结实实绑在一棵树的树干上。他看见女巫解开她身上的披风，两条手臂露在披风外面，白得让人有点儿害怕。除了她的手臂之外，别的东西艾德蒙都看不清了。于这个山谷里，幽暗的树下面，到处都是漆黑一片。

女巫说道："将那替死鬼准备好。"那个小妖先将艾德蒙的衣领解开，把他的衬衣直掀到颈项，接着揪起艾德蒙的头发，把他的头往后扭过去，他只好昂起头来。不久，他就听到一类"霍霍"的古怪声音。他一时间想不起来这是什么声音，之后他才想起来这就是磨刀的声音！

就在此时，他听到四周响声大作，有"笃笃"的兽蹄声和翅膀的拍击声、白女巫发出的喊叫声，在他四旁乱成一片。然后，他发现他已经被松了绑，许多只有力的手臂抓紧了他。他还听到耳旁有许多洪亮慈祥的声音说："让他躺下""给他喝点儿酒""别乱动""喝这个""一会儿你就会好了"等等。

之后，他又听到许多说话声，不过不是向他说，而是他们之间相互在说。比如："谁抓住那个白女巫的""我想是你抓住她的""我把她的刀从她手中打落后就没有看见她""你不是说她已经逃跑了吗""我是追那个小妖的""哎，一个人怎么能同时注意许多情况啊""那是什么？喔，只是一段老树杈"……听到这里，艾德蒙就晕过去了。

　　立即，牛面人、马面人、鸟和鹿（他们当然就是阿斯兰于前一章里派出的援救支队），抬着艾德蒙，一同出发回到石台那边去。但是，如果他们看见在他们走之后山谷里面发生的情况，我认为，他们肯定会大吃一惊。

　　夜分外寂静。不久，月光变亮了。假如你们当时在那里的话，你们就能看到月亮照耀着一段老树杈与一块不大不小的椭圆石头。但如果你们再接着观察，你们就能够发现树杈和石头都有一些的异样。再过一会，你们就能发现，那树杈看上去真像一个矮胖子蹲缩在地上。假如你们观察很长的一段时间之后，就会发现树杈向石头走去，石头坐起来和树杈谈起话来了。事实上，石头和树杈恰恰就是白女巫和小妖。这是白女巫玩弄的妖法的一部分，她可以利用这种方法使东西变成别的形状。假如她手中的刀被人打掉落以后，她就能够这样急中生智，又变成另外一件什么东西。但是她始终抓紧她的魔杖，因此她的魔杖一直好好的。

　　在别的孩子在第二天早上醒来的时候（他们在帐篷里面睡在一堆靠垫上面），从海狸太太那儿听到的头一件事就是，他们的兄弟已经在昨天深夜被他们救回到营地上，此时正和阿斯兰在一起。他们吃完早饭，就全都走出了帐篷。大家看见阿斯兰与艾德蒙正悄悄离开别的人，在露珠十分晶莹的草地上面一起散步。没有必要告诉你们（谁也没听到）阿斯兰曾说了些什么，但是这次谈话，艾德蒙他永远都忘不了。当别的人走过来时，阿斯兰领着艾德蒙回过身来和大家会见。

他说："这是你们的哥们，嗯，不要与他谈过去的一切事情。"

艾德蒙同每一个人都握了手，依次对他们讲"抱歉"，大家都说道"没关系"。大家都非常想向他表明他们和他和好了，这是很自然很普通的，每个人都想不出在这世界上还有其他的什么话可说。正当他们感觉到有点尴尬时，一只豹来到阿斯兰旁边说："陛下，敌方走来一位使者，求见。"

阿斯兰说："让他过来吧。"

豹子走后没多久就带着白女巫的小妖归来了。

阿斯兰问："你有什么事，大地之子？"

"孤岛女王、那尼亚女王希望能够安全地来这里和您对双方都有好处的事开始谈判。"

海狸先生说："那尼亚女王，真不知道羞耻！"

阿斯兰说道："肃静，海狸，一切都会恢复原本的面目。在这之前，我们不必去争辩什么。哦，大地之子，告诉你的女主人，如果她把魔杖丢在她身后的那棵大橡树旁边，我就保证了她的安全。"

这种条件被接受，两只跟随小妖一同回去，看看协议是否被遵守。"如果她把两只豹全变成石头怎么办啊？"璐茜沉声对彼得说道。我想，两只豹也有相同的想法。不论如何，总之这是实事，当他们离开的时候，他们的尾巴和背上的毛全都立了起来，就像猫看到了一只不熟悉的野狗似的。

彼得沉声回答说："没关系，假如不是这样的话，阿斯兰也就不会让他们去了。"

几分钟之后，白女巫亲自走到山顶上，一直过来站在阿斯兰的跟前。那三个小孩之前没见到过她，一看见她的脸孔，浑身都发起抖来，全部在场的动物也都发出了低低的嗥叫声。虽然天上阳光十分灿烂，大家却感到冷飕飕的。在场表现出好像非常安详的仅仅有两个人，就是阿斯兰和白女巫自己。看到阿斯兰橘黄色的脸和女巫惨白色的脸紧挨在一起，大家都觉得很稀奇。但白女巫始终不敢正视一次阿斯兰的眼，海狸太太特别注意到这一点了。

白女巫说："你那儿有一个叛徒，阿斯兰。"当然每个人都晓得她说的是艾德蒙。但是艾德蒙有了之前的这一段经历，那天上午他又与阿斯兰谈了话，因此他已经想到过去自己的情况。他继续瞅着阿斯兰。白女巫说的似乎并没有起什么作用。

阿斯兰说道："嗯，他的错并不是由于反对你。"

女巫问："你忘记了那神秘的魔法了吗？"

阿斯兰十分认真庄重地答道："不错，我已经全忘了，给我们讲讲这个神秘的魔法吧。"

女巫说："讲给你们？"她的声音一下子变得刺耳尖厉起来，"告诉过你们在我们边上的石台上刻画内容吗？告诉你们用文字记在宇宙树①的树干上面深知长矛的内容么？告诉你们雕刻在海外大帝王笏上面的内容么？你至少了解海外大帝最开始在那尼亚王国施行的魔法。你明白，每个叛徒都属于我，是我的合法的猎物，对每

———————

① 宇宙树：据北欧神话，宇宙树是棵枝连天堂、根接地狱的大梣树，生于世界的中心，主神欧丁（掌管文化和战争的神）曾从树上学到了占卜术。北欧各国至今还在耶稣受难的日子，在门柱上挂着梣树枝，用它驱邪除恶。

一个叛逆行为，都有权进行惩治。"

海狸先生说："哦，你就是这么把自己想象成为一个女王，我终于明白了，哦，你曾经是海外大帝的绞刑吏。"

阿斯兰沉声吼叫着说："肃静，海狸。"

白女巫继续说："所以，那个人属于我，他的命是我俘虏来的，他的鲜血属于我的财产。"

那个人面牛身兽大声吼叫着说："那么你过来把他带走吧。"

女巫狞笑着咆哮说："傻瓜，你真的认为，你的主人只靠武力就可以夺走我手中的所有权利吗？比起武力来，他更清楚那神秘的魔力。他知道，假如我像法律上所说的那样没了鲜血，整个那尼亚王国就会地覆天翻，就会在水和火中毁灭。

阿斯兰说道："说得对，我不否认。"

苏珊在阿斯兰耳边低声说："哦，阿斯兰！难道我们——我是说你——对这个魔法就毫无办法么？你是否有什么办法可以对付它呢？"

阿斯兰转过身来对她说："对抗海外大帝的魔法？"脸上似乎皱起眉头，之后就再也没有谁向他提这种建议了。

艾德蒙立在阿斯兰的另一侧，一直注视阿斯兰的脸。他感受有点不自在和难受，他想是否应该说些什么，但他立刻就意识到，除了等待之外并不需要他去做什么，他应照吩咐的去做。

阿斯兰说："你们统统都往后退，我要单独和白女巫会谈。"

他们全部服从了命令。在阿斯兰和白女巫低声认真进行谈判时，他们猜测着，等待着。这是多可怕的时刻啊！璐茜说了声，"艾德蒙，哦！"就哭了出来。彼得站起身来，朝着其他的人，眺望远方的那片大海。海狸夫妇握着各自的脚爪，低头站在那里。马面人笨拙地跺着它们的脚。但到最终，大家都显得十分安静，即便有一只大黄蜂从旁飞过发出细小的声音，或在他们下面森林里传来的鸟鸣声，或是风吹幼树叶发出的声音，你们都能够听到。阿斯兰和白女巫的会谈接着进行着。

最终，他们听见了阿斯兰的声音："大家都可以回来了，"他说道，"这件事我已经跟她谈妥了。她已经正式宣布不要你们的兄弟的血了。"此时，漫山遍野发出一阵响声，好像原来大家都一直在屏住呼吸，现在重新又开始呼吸了。接着是嗡嗡作响的谈话声，他们一个个都回到了阿斯兰的座位边上。

白女巫脸上带着一丝得意洋洋的神情，她正转过身去，忽然，停下来说道：

"我怎样才能晓得你会遵守这个诺言呢？"

阿斯兰从他的座位上站了起来，大吼了一声："呜！"他的嘴巴张得越来越大，吼声也越来越响。女巫注视了片刻，咧着嘴，收拾一下裙子，扭过头就逃命了。

# 第十四章　女巫得意忘形

白女巫一走，阿斯兰就说道："我们必须立刻从这个地方转移，这里要作为别的用场。我们今天晚上要在别罗那渡口扎营。"

当然喽，每一个人都很想问一下他是怎样和白女巫谈判的，但是他脸上的表情十分严肃，每一个人的耳边依然回响着他的吼声。因此谁也不敢去问他。

他们在山顶上的空地上吃了饭之后（现在太阳光更强烈，草上的晨露都被晒干了），大家又忙碌了一阵，把帐篷拆将下来，把东西都收拾好。在两点钟之前，他们踏上征途，向西北方向出发。他们走起来看上去很从容，因为要走的路途并不太远。

旅程开始时，阿斯兰对彼得谈了他的作战计划。"白女巫及其一伙在这带把事情办好之后，"他说，"他们一定会撤回她的住所去围攻。你们能否将她的回去的路途切断，还是一个问题。"然后，他继续描述了两个搏斗计划的大致轮廓，其中一个是在树林里和白女巫一伙拼搏，另一个是偷袭她的城堡。他一次又一次地教彼得怎样部署这场战斗，不是教他将马面人安排在何处，就是教他怎样配备侦察兵来监察女巫的行动，最终彼得说道：

"可是你一定得亲临现场的，阿斯兰。"

阿斯兰回答道："这个我不能够答应你。"他又继续给彼得作了指导。

到了旅程的最后，苏珊和璐茜和他走在一起。他的话语说得不多，在大家的面前显得很是悲伤。

下午，他们来到一个地方，这儿河床变宽阔了，河水变浅变宽了，这就是所谓的别罗那渡口。阿斯兰下令在河流的这一边停下。彼得说道：

"在河流的那一边扎营难道不是更好吗？她很有可能在夜里来袭击我们。"

阿斯兰似乎一直在考虑别的什么事，彼得的问题打断了他的想法。他摇晃着他美丽的鬃毛问道："嗯，你说什么？"彼得又重复说了一遍。

阿斯兰若无其事又好像无精打采似的说："不，不，今晚她是不会来进攻的。"说完，他长叹了一声，但是马上又补充说道："即便如此，能够这样考虑还是对的。作为一个战士，应该这么考虑问题。但是她今晚是不能够来进攻的。"

说完之后，他们就开始安扎营寨。

那晚，阿斯兰的情绪传染了每一个人。彼得一想到需要他自己指挥，心里就感到很不舒服。对他来讲，阿斯兰不亲身去战场的消息是一个巨大的震动。大家默默无声地吃完了晚饭。每一个人都觉得，前一天晚上，甚至那一天早上，情况又是多么的不同啊，就像刚刚开始的好日子又将要结束了。

来自阿斯兰的情绪深深影响着苏珊，她上床之后怎么也睡不着觉。她躺在床板上，默默地数一，二，三……不断翻转着身。她听到璐茜长长地叹了一口气，暗中翻过身来，正好靠在她身旁。

苏珊问道："你也睡不着觉？"

璐茜说："对呀，我还认为你睡着了呢，苏珊！"

"什么事？"

"我有一种十分可怕的感觉，就像有什么事就将会降临到我们头上一样。"

"你有这样的感觉？事实，我也有这种感觉。"

璐茜说："我是说阿斯兰，不是他碰到了什么可怕的事情，就是他要做什么可怕的事出来。"

苏珊说："整个下午他都看上去不很正常，璐茜，他说不同我们一起战斗，究竟是怎么一回事？你觉得今晚他会逃走或丢下我们不管吗？"

璐茜问道，"他现在在哪里？他在这里的帐篷里吗？"

"我看他并不在帐篷里。"

"苏珊，要不我们出去到处看看吧，也许能找到他。"

苏珊说："好啊，我们睡不着躺在这里，倒不如到外头去看看。"

这两个夏娃的女儿悄悄从其他睡着觉的人们中间摸索着向外走去，慢慢爬出帐篷。月光十分的皎洁，除了河水流过石块发出潺潺的响声之外，什么声音都没有。忽然，苏珊抓住了璐茜的一只手臂说道:"瞧!"在营寨的另一头,就在开始有树木的地方,他们看到阿斯兰悄悄地离开他们走入了树林。她们两人一声不吭地跟在他后面。

她们跟着他沿陡峭的山坡向上,离开河谷,然后略微向左走去。很明显,他们此时走的正是那一天下午他们由石台来的那条路线。走着走着,他们走入了幽暗的阴影里面,又来到暗淡的月光下面,浓重的露水打湿了她们的脚丫。他看起来不知怎么的与她们原先熟悉的阿斯兰不一样了。他的头和尾巴都低垂着,走起路来慢腾腾的,就好像非常非常的困顿。后来她们走入了一块宽阔的空地,再也找不到隐蔽的之处了。他停了下来,向四周看了一下。如今,他想溜也溜不走了,她们只好向他走过去。等她们靠近过来之后,他说道:

"哦,夏娃的女儿们,你们为何要跟在我后面?"

璐茜回答道:"我们睡不着。"她敢肯定,她不需要说什么,阿斯兰就已经知道她们的一切想法。

"请原谅我们,你这是要到什么地方去,我们能跟着你一起走吗?"苏珊说道。

阿斯兰说:"嗯,"他似乎在考虑什么问题。过了一会儿他说道:"你们今晚能陪伴着我,我觉得非常高兴,但你们一定要答应我这一个条件,我叫你们在哪里停下,你们就必须在哪里停下,然后就让我独自继续走。"

两个女孩说:"啊,谢谢你啊,谢谢你啊,我们一定会这样做。"

她们又向前走过去,阿斯兰两侧各走着一个女孩儿。但他走得多么慢啊！他那威严的巨大的头低低垂头，他的鼻子几乎就要碰到草。没过多长时间，他摔了一跤，发出低低的呻吟声。

璐茜说："阿斯兰！我亲爱的阿斯兰啊！你怎么啦？能告诉我们么？"

苏珊问道："你生病了吗，亲爱的阿斯兰？"

阿斯兰说："不，但是我感到很悲伤很孤独。将你们的手搭在我的鬃毛上面吧，让我感到你们俩就在我的旁边。对，就让我们保持这个样子走着吧。"

于是，两个女孩儿就这样做了，这是从她们头一次看到他以后，一直以来渴望这样做而未经他的允许一直不敢做的。她们将冰冷的小手伸进那美丽的稠密鬃毛里，轻轻抚摸着，她们一边抚摸他的稠密鬃毛，一边和他一同走着。没过多久，她们就发觉她们正在与他一起沿着山坡朝上走去。那石台就屹立在山顶上头，山坡上长着很多树木，一直延伸到山的顶部。当他们接近紧靠山顶的那棵树的时候（它的四周长着一些灌木），阿斯兰停下来说道："哦，孩子们，你们得留在这里。不管出现何种状况，你们都不要被人看见。再见。"

两个女孩儿都哭得十分伤心（虽然她们几乎不明白为什么要这样哭），她们抓住阿斯兰，吻着他的鼻子，他的鬃毛，他哀伤的大眼睛和他的脚爪。之后，阿斯兰转过身来，一直走到山顶上头。璐茜和苏珊，蜷缩在灌木丛里目送着他，下文即是她们看见的情况：

围着石台立着一大群人，虽有月亮照着，但是他们当中许多人都举着火把，火把上发出模样可怕的红色火焰和黑烟。他们都是些什么样的人啊?! 狼、青面镣牙的恶魔、凶恶的树怪、牛面兽和毒草精和其他我不愿意加以描写的怪物，因为如果我这样做，大人们就一定不允许你们读这本书了。实际上，这汇集了站在白女巫一边的各种各样的妖怪。他们都是狼依她的口令召集到这里来的。他们都围着石台立着，站立在他们中央的正是白女巫。

当他们头一次看见阿斯兰向他们走过来时，那群怪物发出了一阵叽哩咕噜的哀叫声和惊慌害怕的号叫声。一上来，白女巫似乎也被惊了一跳，过了一段时间她才恢复了镇定，发出了一阵野蛮凶残的怪笑声。

她尖叫着："这个白痴! 这个白痴来了，把他牢牢固固地捆起来!"

苏珊和璐茜屏住呼吸，等着巨狮的一声怒吼，向他的敌人凶猛地扑过去。但是这样的事情一直没发生。四个女妖怪，张大嘴，不怀好意地瞄了他一眼，但是一上来，她们都迟迟不敢下手，后来才敢向他靠过来。"你们听着，将他绑起来!"白女巫再次下命令。女妖这才朝阿斯兰猛扑过去。在她们发现他根本就没有什么反抗的时候，她们发出胜利的叫声。之后，猿猴和凶狠的小妖等妖怪也都冲过来帮助她们。他们七手八脚地把阿斯兰滚过去，滚过来，将他的四条腿捆绑在一起。他们欢呼着，嘶喊着，就像做了一件十分勇敢的事情一样。假如阿斯兰高兴，他一脚就可以把他们踢得粉碎。但是他没有发出一点儿声音，即便敌人拼命地拽个不停，把绳子勒进了他的肌肉里面，他也没有出声。然后，他们把他抬到石台那边去。

女巫说："停下来！把他脸上的鬣毛刮掉。"

女巫的下属们又发出一阵猥琐的笑声，一只残忍的恶魔举着一把剪刀向前走过来，蹲在阿斯兰头旁，刀子咔嚓咔嚓剪过去，一大团金黄色的蜷曲的鬣毛落在地面之上。过了一会，恶魔站起来，孩子们在她们隐蔽的地方，看到阿斯兰的面庞被剪掉鬣毛之后变得很小很小，与以前完全不一样了。这种变化敌人们也看见了。

一个喽罗高声地叫嚣着："哎唷，他不过是一只大猫！"

"他就是那个我们原先害怕的那个大家伙么？"另一个说道。

他们围到阿斯兰旁边，拼命嘲笑他，杂七杂八地说"猫儿，你今天逮了几只耗子"，"猫儿，猫儿，我那可怜的猫儿啊"，"猫儿，喝一碗牛奶好吗"……

璐茜说："他们怎么可以这么没有礼貌呢？"眼泪簌簌从脸上掉下来，"这些个畜生，这些个畜生！"看见阿斯兰被剪掉了鬣毛，先是璐茜吓了一跳，但是一会儿之后，她又感觉阿斯兰显得比之前任何时候都更漂亮、更英勇、也更加的安详了。

白女巫说："用嘴套将他的嘴巴套起来！"即便是现在，在他们替他上嘴套时，他一口也能咬掉他们三个人的手。但是阿斯兰他还是一动也不动，这似乎更激怒了这些个暴徒。他们都向他直奔过去。那些即便在他被白女巫捆起来之后仍然不敢靠近他的家伙，此时也胆子大了。他们对阿斯兰又是打，又是踢，又是嘲笑，又是吐痰，把他围得严严实实的。好几分钟的时间，两个女孩都已经看不到他了。

最终，这群暴徒对此感觉满足了。他们开始将被捆绑和套上了口套的阿斯兰拖到石台那边去，一些妖怪拉着，一些喽罗推着。他的身躯是这么的庞大，他们把他拉到那儿，把他举到石台上头还是使尽了他们全部吃奶的力气。把他抬上石台之后，他们再给把他紧紧捆上一道又一道绳子。

阿斯兰被敌人捆绑在石台上之后（他被严严实实地捆得简直就成了一堆的粗绳子），这群喽罗才平静下来。四个母夜叉，举起四只火把，站在石台的四角。白女巫就像前一天晚上向艾德蒙所做的那样，露出两只手臂，接着"霍霍"磨起刀来。燃烧火炬的光映照到刀上，孩子们想，这把刀好像是用石头而不是钢制成的，因为它有一种古怪而又可怕的形状。

最终，她走过来，站在阿斯兰的头边上，她的脸激怒得不断地抽搐着。阿斯兰却一直仰望着天空，依然很平静安详，既不畏惧也不愤怒，只是看上去有点悲伤。就在女巫出手之前，她蹲下身，用一种抖动不已的声音说：

"现在，究竟谁最终获胜？傻瓜，你以为这样就能够救出那个人类叛徒吗？如今就必须依据我们之间的协议，我要先把你杀死，而暂时不杀他。这样的话，那神秘的魔法就能够短时间内平息下来。但是你死了之后，还有什么能阻止我将他也杀掉呢？到那时候谁能将他从我手里面抢走？你要知道，你已把那尼亚王国永远让给我，你已经丢掉自己的性命，你没能救他的性命，你就这么含恨着死去吧。"

苏珊和璐茜并没有看到杀死阿斯兰那一刹那的确实情景，因为她们立刻捂住了双眼，不敢亲眼看到这个悲惨的情景。

# 第十五章　黎明前更加神秘的魔法

苏珊和璐茜一直用手掩住自己的眼睛蜷在灌木丛里。忽然，她们听见白女巫的声音喊道：

"现在，你们都跟着我来，我们一定得继续进攻，来消灭敌人的所有残存人员。既然那个大白痴，那头大猫已经死掉了，解决那些人类的叛贼和歹徒就费不掉我们多长时间了。"

随着一阵尖利而且刺耳的风笛声、狂叫声、号角声，这群暴徒急匆匆地从山顶直奔而下，刚好从两个孩子的身旁经过，差些把她们踩成了肉饼。这些鬼怪从她们身边经过时，她们感受好像有一股冷飕飕的风向她们吹来。当马面兽奔驰而过时，她们感觉到脚下面的大地在颤动。当大蝙蝠和秃鹰污秽的翅膀在她们头顶上空如疾风似的迅速掠过时，天上成了漆黑的一片。要是在之前，她们肯定就会吓得发起抖来，但如今阿斯兰的死亡会如何感到满心的悲愤和耻恨，她们已经顾不到害怕了。

等到森林里恢复平静，两个女孩就在隐蔽的草丛里爬出来，冲到空旷的山巅上。月亮慢慢从西边落下来，淡淡的云朵从月亮上飘浮而过，但是她们仍然能够看见阿斯兰被绑着死去的情形。她们两人跪在潮湿漉漉的草地上面，吻着他的冰冷的面庞，抚摸着那些被剃下来的美丽的鬃毛，一直哭到无法再哭为止。她们我看看你，你看看我，抓着对方的手，感到无限孤单，不禁又大哭了一场。静下来以后璐茜说道：

"我不忍看这个可怕的口套，我们能否将它拿下来呀？"

她们于是动手弄起来，经过了一次又一次的试验（她们的手指被冻僵了，此时是晚上最黑暗的时候），终于她们成功了。她们看到他那去掉嘴套的头以后，忍不住又哭泣了起来。她们抚弄着它，吻着它，尽全部可能将上面的血迹擦掉，当时的情形比我现在描述的不知还要悲伤、孤寂和恐怖多少倍。

苏珊随即说道："我觉得我们是否能替他解开绳子？"但是白女巫的人出于他们刻骨的仇恨，将绳子缚得非常紧，两个女孩对这个绳结简直没办法可想。

我希望读这本书的读者没有谁像苏珊和璐茜那晚这样悲伤。但是如果你也这么的哀伤的话——假如你也整夜整夜地睡不着，一直哭到你眼中流不出眼泪为止——你就会明白最后一切安静平淡下来了。你总是以为不会再发生别的什么事情了。苏珊和璐茜当时就是这么想的。接连几个钟头似乎就在这死一样的沉寂中流逝了。她们几乎没注意到身体上面越来越冷。但是到最后的时候，璐茜发现两种意料之外的事情，一是山东方的天空不像一个钟头前那样黑了，还有一个是在她脚旁的草丛里面有什么东西正在轻轻挪动。一开始她就没有在意，这有什么值得在意的呢？如今的一切都完蛋了。但是最后她看见这不晓得叫什么的东西向石台的石柱爬上去。如今，那些东西已开始爬到阿斯兰身上。璐茜认真仔细盯着看，原来是些灰颜色的老鼠。

苏珊在石台的另一侧说，"呸，多么残忍啊！这些令人讨厌的老鼠爬到他身上面去了，快走掉，你们这些个小畜生！"她举起手，想要把他们赶走。

璐茜说："等一下，"她一直全神贯注地盯着它们看着，"你没看到它们在干什么吗？"

两个女孩弯下腰，细致地看着。

苏珊说："我能确定！但是很奇怪啊，它们正在咬着绳子呢！"

璐茜说："我也这么认为，我认为他们是一些友好的老鼠。可怜的小东西们，他们不晓得他已死了。他们以为这样能把他身上的绳结解开呢。"

现在，天已亮了一点。苏珊和璐茜第一次瞅清惨白的脸孔，她们看到几十个甚至几百个小灰鼠正咬着绳子。最终，绳子一根地咬断了。

东边的天空此时已露出鱼肚白，除东方地平线上面一个很亮很大的星星以外，其他星星都黯淡不见了。她们感觉到，现在比晚上的任何时候都要寒冷。那些小灰鼠又爬走了。

两个女孩儿清除掉了老鼠啃咬剩留的绳屑。没了绳子之后，阿斯兰显得更像他原本的模样。他死去的面容显得更加高贵。随着天空的颜色不断变亮，他的面庞她们能够看得更清楚了。

在她们身后的森林里，一只小鸟发出了啁啾的鸣叫声。多少个钟头以来，总是这样的安静，现在听到鸟儿的叫声，她们禁不住大吃了一惊。然后，又有一只小鸟跟着叫了起来。不大一会儿之后，到处都响着鸟儿的叫声了。

现在一定是凌晨。

璐茜说道："我觉得很冷。"

苏珊说："我也感到很冷，我们到这里一片儿散一下步吧。"

她们走到山顶的东边，朝山下面眺望。那颗大星几乎已消逝不见了，整个国家看上去都是一片暗灰色，但是在世界尽头，大海也是一片苍白的颜色。天上开始变成红彤彤的。为了暖和一下身体，她们就在东边的山脊和阿斯兰的尸体之间来回走着，走的次数连她们自己都数不清了。啊，她们的脚是多么疲劳啊。最终，她们站了一会儿。当她们向着大海和凯尔·巴拉维尔（现在她们已经能辨认出来了）眺望的时候，沿着海天相接的一线，红色变成了金红色，慢慢地，太阳升出来了。这时，她们突然听见背后霹雳的一声巨响，好像一个巨人摔坏一个大盘子发出的声音似的。

璐茜一把紧紧地抓住苏珊的手臂说："这是怎么回事？"

苏珊说道："哦，我害怕转身过身来，又是何种令人恐惧的事发生了。"

璐茜说道："他们想对他做出更坏的事情来，来吧。"她转过身来，把苏珊拽到她身边。

刚刚升起的太阳令万物都看上去如此与众不同——一切的颜色和影子都变化了——以致于她们一时间都没法察觉到重要的状况。

后来她们才发觉，石台从上到下被辟成了两半，阿斯兰消失了。

璐茜和苏珊回到石台大声哭泣着，"呜，呜，呜。"

璐茜啜泣着说道："哦，这真的很糟糕了，她们就连阿斯兰的尸体都不让留下。"

苏珊哭泣说："这是什么人干的呢？这究竟是怎么一回事？这样不是更加神秘恐怖了吗？"

一个洪亮的声音在她们的背后说："是呀，这的确更加神秘恐怖。"她们转过头来一瞅，哦，阿斯兰正站在那里！他身上照耀着旭日的光辉，抖擞着他的金色鬣毛（十分显然的是，这些鬣毛都是后来重新长出来的），比起她们之前看见的还要更加的雄伟。

两个孩子大声惊叫了一声："哦，是阿斯兰！"抬头来注视着他，她们感觉到又高兴又害怕。

璐茜说："我亲爱的阿斯兰，你不是已经被白女巫杀死了吗？"

阿斯兰说："现在是活的了。"

"你不是，不是……？"苏珊以一种发颤的声音问道，她不敢讲出"鬼"这个字。

阿斯兰弯下他金色的头，舔舔苏珊的额头。他身上的温暖气息传遍了她全身。

"我看上去还像是我的样子了吗？"

璐茜大哭着说："哦，阿斯兰，你仍然像你之前的样子。"两个女孩一下子扑到他的身上，亲吻着他。

"这究竟是怎么一回事？"她们略微平静了一点儿以后，苏珊问道。

阿斯兰回答："其实事实就是，白女巫虽然晓得那种神秘的魔法，但是还有一种她不了解的更加神奇的魔法。她只看清清晨时候的情形。假如她能在清晨前的静谧时分，透过黑暗的夜幕，往后看得更遥远，她就能发现到别的一种更加神奇古老的魔语。她就会明白，在一个无罪的人甘愿替一个叛徒死之后，石台会自动裂成两半，人死了之后也能够复活……"

璐茜跳起来高兴地鼓掌说："哦，原来是这样。"

狮子说："哦，夏娃的女儿们，现在我觉得身上已经重新有了劲儿。哦，孩子们啊，你们能的话就将我抓住吧。"他站立了一会儿，眼睛闪闪有光，四肢抖动着，尾巴不断地拍上他的身体。接着他纵身一跃，从她们的脑袋上一跃而过，停止在石台的另一侧。璐茜即使感到有些没头没脑，但她仍然是笑着爬过石台，跑到他身旁。阿斯兰又纵身一跃，一场发疯一样的追逐就已经开始了。他带着她们围绕山头转了一周又一周，一会儿把她们落在后面老远，一会儿又令她们几乎就要抓住他的尾巴，一会儿又从她们的中间穿过去，一会儿又用他美丽的如天鹅绒般的脚掌将她们抛到半空，接着再把她们接住，一会儿又忽然停止下来，他们三个就滚作一团，大声嬉笑游戏着。这种活蹦乱跳除了在那尼亚，大家是从来都看不见的。璐茜一直搞不明白，这情形说不上是和雷公在玩，还是和小猫在玩儿。有趣的是，在他们三个最终都躺在晴空下面喘气时，两个女孩一点都不感到饥饿、疲劳以及口渴。

过了一段时间阿斯兰说："喂，让我们开始做正经事吧。现在我要大吼了。你们最好把耳朵堵起来。"

她们就用手掌堵住了耳朵。阿斯兰站立起来，就在他张口大吼时，他的脸庞是这样的吓人，她们都不敢瞅他一眼。他一声的吼叫，他面前全部的树木都倒了下来，就好像一阵大风刮过来，草原上面的草都倒伏贴地一样，然后他说：

"我们将走一段很漫长的路途。你们一定要骑在我的身上。"他蹲了下来，孩子们爬到他那金黄色的温暖的后背上。苏珊坐在前头，紧紧抓住他的鬣毛，而璐茜坐在后边，紧紧地抓住苏珊。阿斯兰驮着她们用力地站起来，接着就飞奔而去。他奔跑得比任何的一匹马都要快。他沿着山坡朝下跑，冲进了森林的深处。

这种奔跑对她们来说也许是在那尼亚碰到的最好玩开心的事情。你可曾骑在马背上飞奔过？那么你先回忆一下那个情景吧，然后再想象，眼前的这种奔驰是听不到任何沉重的马蹄声和马鞍的丁当声的，狮子巨大柔软的脚掌一步一步朝前方奔驰，似乎没有一点响声。你再联想一下，你并非骑在黑色的、枣栗色的或灰色的马鞍上，而是骑在柔软而蓬乱的金黄色皮毛上面，狮子的鬣毛在风中向后方飘荡着，你奔跑速度要比最快的千里马还快一倍，但是它不需要任何的向导，也永远都不可能疲劳。阿斯兰不断向前飞奔，一步也不停息，毫不迟疑，以其纯熟的技巧穿过了树桩，跳过了灌木丛，遇到比较细小的溪流就一跃跳过，碰到较宽广的河流就趟水而过，遇到很大的河流就涉水而过。这不是奔驰在公园里，也不是奔驰在土路上，更不是奔驰在山路上，而是奔驰在明媚春天的那尼亚的土地上。他顺着严肃的山毛榉大道，穿过落满阳光的柏树林和雪白的野桃花园，经过奔泻如吼的瀑布、响彻着奔驰回声的洞穴和长满绿色青苔的山岩，然后又沿长满金菊花灌木的曲折山坡往上，越过种满针叶属灌木的山脊，再顺着使人陡直的山脊一直朝下，朝下，驰进了荒凉的山谷，从山谷出来之后，又进了一块开满蓝色小花的地块。

将近中午了，他们顺着一个曲折的山坡向下，看到一座城堡——在他们那里看去，就像是一个小小的玩具城堡——似乎全都是尖塔。阿斯兰用飞一样的速度直接奔过去，城堡变大，越来越大，他们还没来得及问这到底是哪里，就已经来到它的跟前。现在它看上去不再像一个玩具的城堡了，它阴森森地矗立在那里，城墙上没有人在巡逻，大门紧紧关闭着。阿斯兰丝毫都没放慢下他的速度，就像离弦的箭朝它直奔而去。

他大叫一声，"这就是白女巫的住处！喂，夏娃的女儿们，紧紧地抓着我。"

接着，整个世界就好像颠倒了一般。苏珊和璐茜感觉他们的五脏六腑似乎都跳将出来，由于阿斯兰使尽全力，跳出了比他以往最大最远一步——你与其说这是跳，不如说是飞跃——正好越过城堡的围墙。这两个女孩子害怕得气都喘得费劲，但并没有受什么伤。她们发现自己由他的背上面滚了下来，摔在满是石雕像的宽阔的院子中间。

# 第十六章　石像最后的结局

璐茜惊讶地说："这是一个十分古怪的地方啊！都是些石头的人，还有动物！就像是一座动物园。"

苏珊说道："别说话了，阿斯兰正在忙着呢。"

他真的是在忙着。他先跳到那头石狮子身旁，朝他吹了一口气。立刻他又迅速兜起圈子——就好像一只小猫在追自己的尾巴似的——朝石头小妖吹了一口气。还记得吧，这个石头小妖背对狮子，就在距离狮子几步之遥的地方。然后，他又往站在小妖那一片的一个高个子的石头树仙使劲跃过去，之后又迅速地跃到一边，帮助他右边的一个石头兔子，最终又找到了牛面人。此时，璐茜说：

"啊，苏珊，你看这个石头狮子。"

我想，大家一定看见过人们使用火柴点纸片生火炉的情况吧。刚点燃的时候，似乎看不见什么动静。过一会儿，你们就能够发现一缕火苗从纸的边上缓慢地蹿出来。现在就正像是这种情况。在阿斯兰向那石头狮子吹口气以后，石狮看上去还是原先那个样子。过了会儿以后，他的灰色大理石的后背上开始出现一小缕的金色，而这缕金色很快扩散开来，马上传遍了他的全身，就像火苗舔遍全部的纸片一样。接着，在他的后腿仍然还是石头的时候，这头狮子就抖动起鬣毛来了，原来那些石头的、凝重的折叠部分都变成了活生生的波荡起伏的鬣毛。他打开复活了的、暖烘烘的血盆大口，打了一个大大的呵欠。此时，他的后脚也复活了。他抬起一条后脚，搔搔身上的痒痒。他一眼就看到了阿斯兰，立刻就跳过来跟在他后面，绕着他嬉戏，跃起来舔着他的脸，开心得流下了泪水。

当然，孩子们的目光都转过来盯住这头狮子身上。但是她们看见的景象是这么精彩，她们马上将他忘记了。此时，院子里到处的雕像都已经复活了，整个院落看起来不像是一个博物馆，而更像是一个动物园了。全部的动物都跟随在阿斯兰后面跑着，围绕着他跳起了舞来。后来，阿斯兰就已经完全被淹没于动物之中了。此时院子里面已不再是死一般的灰的颜色，而是五颜六色、光辉灿烂。你看：马面人褐色的油亮亮的脑袋，鸟儿闪闪发光的羽毛，牛面人青黑色的两角，红褐色的狗，狐狸和半人身半兽身的森林之神，小妖大红色的头巾和鲜黄色的袜子，穿着银色衣服的松树仙女，穿着墨绿色衣服的樱桃树仙女，穿着鲜艳的嫩绿色衣服的山毛榉仙女。整个院子只不再是死一样的沉寂了，而是哪里都响彻驴鸣声、猪叫声、狗吠声、马叫声、跺脚声和鸽鸣声、喊叫声和幸福的歌声、吼叫声和欢笑声。

苏珊用一种十分不安的声调问道："哦！看，这样安全吗？"

璐茜猛地抬头，看到阿斯兰正在朝石头巨人的大脚上吹了一口气。

"没关系的，"阿斯兰开心地喊道，"只要他的双脚好了，其余的部位也会好的。"

苏珊小声对璐茜说道："我说的并非这个意思。"但现在已经太晚了，即便阿斯兰听到了她的话，也已经无法可想了。那种变化已到了那个巨人的脚上面。现在巨人正移动着他的脚，过一会儿，他从肩膀上举起棍棒，揉揉他的眼皮说：

"哦，我的天哪，我一定是睡着了吧。哦，那个在地面上到处奔走的可恶的小女巫跑到哪里去了？她就在我脚旁。"

人们欢呼着对他解释已发生过的事情。巨人把手放在耳朵边，叫大家把整个情况复述一遍，最终，他才听懂了他们的话。接着他低下头，头一直低到了草堆的顶上面，一次又一次向阿斯兰触碰帽子致意。他那丑陋而诚实的面庞上泛着光彩（任何种类巨人现在在英国都十分稀少，脾气好的巨人就更少，非常可能，你之前从未见过脸上正在泛光的巨人，这是非常值得一看的）。

阿斯兰说："现在到屋里头去搜查！大家动作快一点儿。楼上楼下，白女巫的房间里全都要去检查，不要漏掉任何一个角落。你们绝对不会想到有些可怜的人将会被关在哪里。"

所以，他们都冲到了城堡里面，接连好多分钟，这一座黑暗可怕的、发了霉的古老城堡立即回响着开窗子的声音以及人们喊叫的声音，就像"不要忘了那些小地牢！""帮我把这个门打开！""哦，你看，这里还有一头十分可怜的小袋鼠，喊阿斯兰过来！""这里还有一座十分曲折的小楼梯！""呸，这里的气味真难闻啊！""小心不要踏上陷阱!""马上上来到这儿来，小心，楼梯平台上还会有许多的陷阱呢!"但是其中最好的消息就是璐茜匆匆忙忙跑上楼告诉大家的:

"阿斯兰! 阿斯兰! 我已找到杜穆纳斯先生了。喔，马上快来呀。"

过了一小会儿，璐茜和那个小农牧之神就手挽着手出来了。他们开心得手舞足蹈起来了。这个小家伙虽变成了石像，可他还是那个模样，当然他对璐茜刚刚告诉他的之前的一切情况也很感兴趣。

对女巫城堡的搜查就这样子结束了。整个城堡都空荡荡的，每一扇窗子和门都敞开在那里，所有那些罪恶的、阴暗的地方都照进了金色的阳光，也吹进了温暖的春风，那些地方是多迫切需要空气和阳光啊! 所有的被解救的石头雕像重新涌进了院子。就在这个时候，有人（我想是杜穆纳斯）先说道:

"但是问题是我们怎样做才能出去呢?"因为刚才阿斯兰是跃进来的，大门现在还被锁着。

阿斯兰一边说着:"这个好办，"一边站起来又冲着那个巨人高声喊道:"喂，原来你在那儿，你叫什么名字啊?"

"抱歉，阁下，我的名字叫巨人鲁勃夫。"巨人回答道，又一次向阿斯兰碰帽致意。

阿斯兰说:"太好啦，巨人鲁勃夫，让我们现在从这个城堡出去，好吗?"

巨人鲁勃夫说:"当然行啰，阁下，我十分乐意这样做，你们那些小家伙儿，离开大门远一点儿站好。"话说完之后，他便大步跨到了门口，挥舞起他的大棒，一连"砰""砰"地几下。第一棒打下来，门吱吱嘎嘎地响了起来；第二棒打了下去，门发出"噼啪"的一声巨响；第三棒打下来，门就不停的摇晃起来了。然后，他又去解决两边高墙和塔的问题，也是"砰""砰"的几大棒，几分钟之后，塔及两边的一大垛高墙就哗啦啦地全倒了下来，变成了一大堆残砖碎瓦。等飞扬起的灰尘完全消散之后，站在这个荒凉、干燥、满是石头的院子里面，透过墙洞，可看见森林里所有的草、摇晃着的树木、森林后面的青山、水波荡漾的溪流和山后的晴朗天空，这真是一种非常奇特的景象。

"我敢发誓啊，我浑身是臭汗了。"巨人就像最大的火车发动机似的大口喘着粗气说道，"这是身体比较虚弱的原因。请问，你们两位有哪一位年轻的小姐随身带着手绢这种东西？"

璐茜踮起脚尖说："我有。"她一手高高地举起了手中的手帕。

巨人鲁勃夫蹲下来说道："小姐，谢谢你。"顿时璐茜感到心惊胆战，因为她突然发现自己被抓在了巨人的食指和大拇指的中间，一直被抓到半空。但是她正要挨近他脸的时候，巨人突然吃了一大惊，立刻把她轻轻地放回地上，口中不停咕哝着说："天啊，我怎么会把这个小女孩当成手帕捡起来了？实在对不起了，小姐，我原本以为你就是手帕哩！"

璐茜大笑着说："不，不，手帕在这儿呢！"这一次，他好容易才把手帕抓住了，但是手帕对他来说，真的实在是太小了，就好像对你来讲，有小小的一粒糖精片那么大。所以，当璐茜看见巨人拿手帕庄严地认真地在他的那张大红脸上面来回擦时，她就说："我的手帕对于你恐怕没有多大的用处，鲁勃夫先生。"

巨人很有礼貌地重复着说："不，不，我之前从来也没有见过比这更好的手帕。它实在太精致了，太好了，我都无法用词语加以描写。"

璐茜对杜穆纳斯先生感慨地说："他是一位多么好的巨人啊！"

杜穆纳斯回答说："是啊，鲁勃夫家族所有的巨人全都是好的。他们是那尼亚王国所有的巨人家族中最被人尊敬的家族。或许他们并不怎么灵巧（我从来也不知道哪个巨人是灵巧的），但是你要明白，他们属于一个十分古老的家族，他们都是有传统的。假如鲁勃夫属于另外的家族，女巫就不会把他变成为石头了。"

这个时候，阿斯兰拍打他的脚掌，让大家安静了下来。

他说："我们这一天的工作还没有结束呢，我们如果要在晚上睡觉前打败白女巫，我们就一定要立刻找到战场。"

最大的一个马面人自荐说："阁下，我希望我也能够参加战斗。"

阿斯兰说："当然可以，喂，请注意，那些力气弱跟不上的，即小妖、小孩子以及小动物，必须骑在那些会继续干下去的，比如狮子、牛面人、马面人、马、鹰和巨人的背上。那些个嗅觉灵的必须和我们狮子一起走在前头，去找战场到底在哪里。你们就这样马上分好组。"

他们兴致勃勃、匆匆忙忙地这样子做了。他们当中最开心的是另一头狮子。他四处跑个不停，假装忙得不亦乐乎的，但真正目的是为了去告诉别人："你们听到他说的话了吗？他是说我们狮子，指的就是我和他。这就是我为什么这么喜欢阿斯兰。他不出风头，不摆架子。他说我们狮子，就是指我和他。"他一直说个不停，说到阿斯兰让他把一个森林女神、三个小妖以及一只刺猬和两只兔子驮在身上为止。这样做就使他显得稳重一点。

等到大家都准备好之后（在把他们按照一定的顺序分成小组的时候，一只大的护羊狗帮助阿斯兰很多忙），他们就通过城堡围墙上头的缺口出发了。最开始的时候，狗和狮子用鼻子四处嗅着。但是，一只大猎狗忽然嗅到了气味，叫了一声。马上，所有的狮、狗、狼以及其他别的猎兽就都用最快的速度前进，用鼻子在地面上嗅着，其余的全都统统跟在他们后飞快地跑着，在他们的后面足足有半英里长。这种声音比英国的某些猎人围猎狐狸时候的声音还好听，因为猎狗的吠声中不时混着另一头狮子的吼叫声，有时还混合着阿斯兰更深沉可怕的吼声。因为气味越来越容易追踪，他们跑得越来越快。之后，他们走进了一个曲折而又狭长的河谷，就在他们到达最后一道拐角的时候，璐茜除了听见上头这种声音之外，还听到另外一种不同的声音，她感觉十分奇怪。这是尖叫声、呼喊声、金属撞击声音混合在一起的声音。

过了没多久，他们就走出那条狭长的河谷，她顿时明白了。艾德蒙、彼得和阿斯兰的部队正在那儿奋不顾身地与她昨晚看见的那一群可怕怪物搏斗。只是此时，在阳光的照耀下，这一群怪物现在看起来更加凶恶，更奇怪，更加丑陋了。他们的人数好像也比昨夜多得多了。阿斯兰的部队——他们都背对着她——看起来少得有些可怕。战场上面东一个西一个地立着很多的雕像。显然，白女巫一直在挥舞着她的魔杖。但是眼下她似乎又不使用了。现在她使用的是石刀，正和她交锋的是彼得。他们打得这么激烈，璐茜几乎分辨不清到底刚才发生了什么事情。只见彼得的剑和女巫的石刀像闪电一样地迅速飞舞，它们看起来就好像有三把剑和三把刀似的。他们两个在中间，战线朝两边伸展开来。她的眼光落到任何一个地方，都能看到可怕的事情在发生。

阿斯兰喊着说："孩子们，快从我的背上下来。"苏珊和璐茜于是就从他的背上跳下来了。之后，阿斯兰大吼了一声，猛地扑到女巫的身上。他的吼声从西边的灯柱一直传播到东海岸，震撼了整个那尼亚。璐茜看到，女巫惊慌地仰着脸瞄了阿斯兰一眼。紧接着，狮子和白女巫就滚在了一起，女巫被压在了下面。同时，阿斯兰从白女巫的住所带领出来的那些勇敢的动物都朝敌阵猛冲过去了。小妖挥舞起了战斧，狗用它们的牙齿，巨人用棍棒（他的脚踩死了几十个敌人），牛面人用角，马面人用蹄和剑，一起参加战斗。彼得那打得精疲力尽的队伍欢呼着，新来的人们叫喊着，敌人发出了阵阵的哀鸣和惨叫声，森林里四处回荡着这场激战所发出的响声。

# 第十七章　追捕白牡鹿

他们来了之后，才不到几分钟的时间，战斗就结束了。在阿斯兰和他的队伍发出第一次冲锋之后，大多数的敌人已被杀死了。那些仍活着的敌人看到白女巫已死，逃跑的逃跑，投降的投降。璐茜看到的第二件事就是彼得和阿斯兰在握手。彼得脸色是这么的庄严，又是这么的苍白，他好像比以前老多了。看到他现在这个样子，璐茜感到很吃惊。

彼得说道，"这些全靠了艾德蒙，阿斯兰，如果不是他，我们肯定就要打败仗了。白女巫到处将我们的人马变成了石头，但对艾德蒙，她却是无计可施。艾德蒙撂倒了三个恶魔，杀开一条血路来，冲到了白女巫身旁。女巫正在那里把一头豹变成石像。他冲上前，沉着地拔出剑来，一下子把她的魔杖打落了下来，而没有和她直接交战，这样就避免了别人经常都会犯的错误——虽用尽了九牛二虎之力与她交战，最后结果还是被她变成雕像。她的魔杖被打落之后，我们就开始变的转危为安。假如我们没有这么多的伤亡就实在更好了。我们得看看他去。"

他们发觉艾德蒙就在紧靠前线一点远的地方，由海狸太太在那护理着。他血迹斑斑，脸色铁青，张着嘴，十分的可怕。

阿斯兰说："璐茜，赶快。"

此时，差不多是第一次，璐茜想到了她得到的珍贵的圣诞节礼物、那个热诚之药。她的手抖得非常厉害，几乎连塞子都拧不开了，但是她最后还是将它拧开了，再倒了几滴药在她的哥哥的嘴里。

她十分焦急地看着艾德蒙那张苍白的脸，不知这种热诚之药是否有效果。此时，阿斯兰告诉璐茜道："还有其他的人员受伤呢。"

璐茜有点生气地回答说："是，我知道，请先等一会儿。"

阿斯兰说："夏娃的女儿，"声调异常严厉，"其他的人也都处于死亡边缘，难道你就为了艾德蒙一个人，更多人都应该等死吗？"

璐茜说："我错了，阿斯兰。"她马上站起身来，和他一起走了。随后的半个小时，他们一直都忙个不停。璐茜给那些受伤者治伤。阿斯兰令那些刚才变成了石像的动物和人重新复活过来。最后当她有了时间回到艾德蒙身边的那个时候，艾德蒙已都站起来了，不但伤好了，而且神色看起来也比之前要好——啊，很久很久啊！事实上是从他第一个学期在那可怕的学校开始的时候，就是在那里，他开始走上错误的道路。他现在又变成了他原来的样子，能够盯着看人了。在战场上的时候，阿斯兰授予他爵士封号。

"他知道阿斯兰替他做了哪些事吗？"璐茜小声对苏珊说，"他知道消灭白女巫的计划是怎么安排的吗？"

苏珊说："静一点，他当然不知道了。"

璐茜说："难道不应该去告诉他吗？"

苏珊说："哦，当然不可以的，这对他来说实在是太可怕了。仔细想想看吧，假如你是他的话，你会感觉怎样？"

璐茜说："不论怎样，我还是认为他应该知道这件事。"正在此时，她们的谈话被别人打断了。

在那天晚上，他们就在那里睡觉。阿斯兰是怎么给他们所有的人东西吃的，我有些不得而知。我只晓得，他们大概在八点钟的时候，坐在草地上面吃了一顿十分精美的便餐。第二天早上，他们顺着那条河流向东进军，又过了一天，大概是在下午吃茶点的时候吧，他们终于到大河的入海口了。凯尔·巴拉维尔城堡就矗立在大河入海口一座小山顶上头，高耸在他们的头顶上方。他们的面前就是沙滩，沙滩上头有石块，也有小小的咸水池，还生长着海草。站在这儿，也可以闻到海风的味道。整整儿英里长度的海面上，蔚蓝色的波浪不休止地一下一下扑打着海岸。喔，你还可以听到海鸥的叫声。你之前听见过海鸥的鸣叫声吗？现在还记得吗？

那晚吃好茶点以后，四个孩子再一次来到海滨，脱去了鞋袜，赤脚踩在了沙滩上。第二天更加庄严。这天，在凯尔·巴拉维尔的大厅里面——那是一个金碧辉煌的大厅，西边的门上挂满了孔雀的漂亮羽毛，屋顶装饰着象牙，东门正好面对着大海——在他们所有朋友的面前，伴随着喇叭的吹奏声响，阿斯兰庄严地为他们加冕，带他们登上了四个王位。此时，大厅里响起震耳欲聋的欢呼声："彼得国王万岁！""艾德蒙国王万岁！""苏珊女王万岁！""璐茜女王万岁！"

"只要当上那尼亚的国王和女王，就永远会是国王和女王。请把它戴好，亚当的儿子！请把它戴好，夏娃的女儿！"阿斯兰客气地说道。

从东门外面传过来了男女美人鱼的声音，他们正在从海里朝着城堡的台阶游来，准备为他们新登基的国王以及女王唱起颂歌。

孩子们坐在了他们的宝座上头，手里握着权杖，给他们所有的朋友——比如农牧之神杜穆纳斯、巨人鲁勃夫、海狸夫妇、善良的马面人、豹、善良的小妖们以及那头狮子都授勋，封了爵位。那晚，在凯尔·巴拉维尔大厅里举行了十分盛大的宴会，宴会上美酒芳香扑鼻，杯盏金光闪烁，人们载歌载舞。海面上传来美人鱼的音乐，那种声音更甜美，更新奇，也更尖锐，与大厅里面的音乐声巧妙的交织在了一起。

但是当大家沉浸在这种欢乐中的时候，阿斯兰却悄悄离开大家了。当国王和女王发觉他离开时，他们都没有声张，因海狸先生曾事先告诉他们过，他将会不固定居住在什么地方，他曾说：有时候，你们会看到他，有时，你们又会看不到他。他不喜欢被束缚起来——当然咯，他还要去管理其他的国家。这个不用担心，他会常常来的，但是你们不可强迫他。你们明白，他是一头野生狮子，而不像驯化了的狮子。

现在，正如你们所看见的，这个故事即将要（不是完全）结束了。那两位国王和两位女王把那尼亚治理得非常好，他们的统治是幸福的、长久的。最初的时候，他们花了相当多时间用来搜察和消灭白女巫的那些残余势力。实际上有好长一段时间，常常有妖魔鬼怪在荒山野林中出没的传闻——它们在这里杀人啦，在那里出没啦，有人这个月看到狼人啦，那个月又听说有女妖啦，等等。但是最后所有这些害人的东西都已经被消灭了。他们制定了非常好的法律，维护和平，释放了年轻的小妖和森林之神，优良的树木不会被胡乱地砍去，令这些小妖不致被送进那所死气沉沉的学校，这制止了那些为非作歹的人，鼓励了想过正常生活的老百姓。他们又赶走了在那尼亚北方妄图越境冒险的凶猛巨人（与巨人鲁勃夫完全不一样的另一类巨人）。他们和海外的王国建立了十分友好的合作关系，和那些国家互相进行友好访问。后来随着岁月的流逝，他们本身也长大了，都变得不一样了。彼得长得个儿高高的，胸脯厚厚的，成为了一名杰出的武士，人们都称呼他为庄严的彼得国王。苏珊亦是高高的个儿，态度和蔼，黑发一直长到脚跟，海外很多国家的国王都派来使者向她求婚，被称为温柔的苏珊女王。艾德蒙如今变得比彼得更镇静，更庄重，善于判断和分析问题，被称为公正的艾德蒙国王。至于璐茜嘛，长着一头金发，成天乐呵呵的，十分高兴，那些地方所有王子都希望她能成为他们未来的王后，她的人民称她为英勇的璐茜女王。

　　他们一直过得十分开心，他们如果还能够回忆起他们在这个世界上的生活，那不过像一个人回忆起一场梦似的。一年，杜穆纳斯（他现在是中年的农牧之神，开始变胖了）顺着大河流了下来，给他们带来消息道，在他住的那一带再次出现了一只白牡鹿——如果你捕到这种白牡鹿的话，它就会为你带来希望。所以两个国王和两个女王就会带领朝廷里的主要成员，带着猎狗和号角在西边的森林里进行了围猎，追捕白牡鹿。没追捕多久，他们就看到了白鹿。他们便跟在白鹿后不知走了多少崎岖不平的道路，直至全国每一匹马都累的疲乏得不能再追的时候为止，只剩他们四人继续往前追赶。后来，他们发现白鹿径直奔进了一个灌木林，他们的马再不能继续跟踪前进了。彼得国王说（做了这么久时间的国王和女王之后，他们现在说话的风度也变得十分不同了）："尊敬的国王和女王陛下，现在就让我们下马，跟着这匹野兽到灌木林里去，在我的一生当中，我还没有捕到过比它更为珍贵的猎物呢。"

其余的人说："陛下，就这么办吧。"

于是乎，他们便下了马，把马拴在了树上，走进了稠密的灌木林。他们一走进去，苏珊女王就发话说：

"我尊贵的朋友们，这儿出现了一个奇迹，我好似看见了一株铁铸的树。"

艾德蒙国王接着说："女王陛下，你如果再看清楚的话，你就会明白，这是一根铁柱，柱顶上边有一盏灯笼。"

"这是一种十分奇怪的装置啊，我的女王，"彼得国王说，"在这里，还装了一盏灯笼，真是好奇怪啊，它四周的树长得这样的稠密，这样的高，这灯点起来也照不到谁呀。"

璐茜女王说："陛下，有可能，这个灯和灯柱安在这儿的时候，这个地方的树应该还小，或是不多，甚至还没有，因为这是一个十分年轻的森林，而这根铁柱却是非常古老的了。"他们站在那儿打量着它，艾德蒙国王道：

"我不懂这究竟是怎么回事，但这个灯柱上的灯使我感到十分奇怪，我依稀记得之前曾经看到过这样的东西似的，它就像在梦中或在梦幻般的梦中一样的。"

其他的人异口同声地回答道："陛下，我们对此也有同感。"

璐茜女王说："我还有这样一种十分不确定的预感，我们如果通过了这个灯柱和灯，不是我们会遇到一次奇遇，就是我们的命运会因此会发生巨大变化。"

艾德蒙国王接着说："敬爱的女王陛下，对此我也有同样的预感。"

彼得国王说："我心里也是如此认为的，我的好弟弟。"

苏珊女王说："我也这样认为，因此，我现在建议，我们马上就折回去，把马找回来，不再去追赶白牡鹿了。"

彼得国王接着说："女王陛下，我请求你们原谅我，自从我们四人在那尼亚做了国王和女王之后，我们至今还没有经历过像探宝、打仗、练武、审判等一些重大的事情，往往是刚刚着手又丢下，结果总是半途而废。"

璐茜女王说："姐姐，我尊贵的哥哥说得很对。我以为，如果只是因为害怕，或因为有什么预兆，就停止追赶如我们正在追赶的那种十分珍贵的野兽而半路返回，我们应该为此而感到十分的羞愧。"

艾德蒙国王说："我也是这样想的，我有这样的一个愿望，我一定要弄清楚这到底是什么东西，即便那尼亚全国以及全岛有最好的珍宝，我也绝对不返回。"

苏珊女王又说："如果你们都有这样子的决心，那么为了阿斯兰，让我们就继续向前进吧，看看我们究竟会碰到什么样的惊人的奇遇。"

于是，这些国王和女王就进入了丛林的深处，还没走到20步远的时候，他们就想起来了，他们看到的这个东西叫灯柱，再走不到20步，他们就突然发现，不再在树林中间了，而是在衣服中前进了。一会儿之后，他们就从另一个衣橱门里走了出来，走进那间空屋。现在，他们已经不再是刚才打猎队伍的那些国王和女王了，而是穿他们原来衣服的彼得、艾德蒙、苏珊和璐茜了。此时，时间正好还停留在他们一起躲进衣橱里面去的那天的那个时刻，玛卡蕾蒂太太和客人们依然还在走廊里谈话，但是幸好，他们一直没到空屋里去，所以也始终没发现孩子们。

假如不是他们感到很有必要向教授讲明白为什么从他衣橱里拿的四件外套丢失了，故事也许到此结束了。但是那个教授，是一个不同寻常的人，他并没有说他们发了呆，也没有叫他们不要去说谎，而是完全相信这个故事了。"嗯，"他认真地说，"我认为从橱门回去找这几件衣服，可能会不行。你们再也不可能从这条路回到那尼亚去了。就算是你们找到了，现在它们也不会有多大的用处。呃，这是什么意思？诚然，总有一天你们会回到那尼亚去。一旦在那尼亚当了国王，就永远成为那尼亚的国王了。但是同一条路线绝对不要走第二次。说真的，你们也根本别再想到那里去了。这样的奇遇只会在无意当中才会碰到。即使在你们的中间，对这件事情也不要去谈论的过多，更不要对别人提起，除非你们发现他们当初也曾有过一样的奇遇。这怎么讲？你们怎么会了解呢？嗯，你们总会明白的。人们常说，不管多么奇怪的事情，秘密总是会被暴露的，即便从它们的外表，也能够看出一些蛛丝马迹，把你们的眼睛都张大吧。我的天哪，在这些学校里头，他们到底教会了孩子们一些什么东西呢？"

橱中的奇遇就这个样子结束了。但如果教授说的是对的，那么，这些还仅仅是在那尼亚历险的开始吧。